Derrière la porte

Moka

Derrière la porte

Médium
11, rue de Sèvres, Paris 6e

Du même auteur à *l'école des loisirs*

Collection MÉDIUM

Ailleurs rien n'est tout blanc ni tout noir
Cela
La chambre du pendu
L'écolier assassin
L'enfant des ombres
Jeu mortel
La marque du diable
Le petit cœur brisé
Un phare dans le ciel
Le puits d'amour

Loi n° 49.956 du 16 juillet 1949 sur les publications destinées à la jeunesse : mars 1997
Dépôt légal : avril 2004
Imprimé en France par la Société Nouvelle Firmin-Didot au Mesnil-sur-l'Estrée (67769)

Derrière la porte, il y a moi. Je pose la main sur le bois froid. Il tiédit sous ma paume. La porte est fermée, je voudrais qu'elle ne soit plus jamais ouverte. Je veux rester derrière la porte. Dans ma maison d'avant, j'avais une chambre au rez-de-chaussée. Je ne regardais pas la porte. Elle n'existait pas.

Ici, je suis au grenier. C'est un endroit trop grand et glacial. On devait y installer le chauffage. Ça fait trois mois déjà et l'hiver est entré par toutes les fissures. Je n'ose pas réclamer le chauffage. La porte, c'est tout ce qui compte.

La porte est entre Elle et moi.

Chapitre 1
L'HEURE DU DÎNER

L'heure du dîner approchait. Le dos contre la porte, Damien fixait le réveil des yeux. Pourquoi fallait-il que le temps s'écoule ? Il devrait s'arrêter juste avant les repas et reprendre juste après. Qu'est-ce que ça pourrait faire deux heures en moins par jour ? Damien fronça les sourcils.

Le calcul mental, il avait toujours aimé ça : deux heures multipliées par trois cent soixante-cinq jours soit sept cent trente heures par an… jusqu'à l'âge de sa majorité, alors cinq mille huit cent quarante heures soit deux cent quarante-trois jours virgule trois trois trois… Il donnerait n'importe quoi pour que ces deux cent quarante-trois jours virgule trois trois trois… soient supprimés. Rayés de son existence, plus d'heures des repas… plus de repas… plus d'Elle. Un frisson parcourut son corps. Le gong. Le gong des repas. Ici, on appelait les gens en frappant sur un gong. On ne leur demandait pas de venir manger, on frappait. Damien se leva. Il savait qu'il était inutile de traîner, cela ne faisait qu'empirer les choses. Il ouvrit la porte, la referma soigneusement, déposa un baiser sur le bois et descendit les escaliers au plus vite. Mais sans courir. Elle détestait que l'on coure.

– Si c'est toi, Lili-Catherine, tu peux repartir tout de suite !

Damien ralentit le pas. Dans la chambre du rez-de-chaussée, il y avait la grand-mère. Pas la sienne. La mère d'Elle, la grand-mère de Lorraine. Grand-mère ne savait plus dire qu'une seule phrase. Mais elle la prononçait avec force, elle qui était amorphe dans son fauteuil, à longueur de journée. Dès que quelqu'un entrait ou passait simplement dans le couloir, Grand-mère se redressait. Son œil brillait de colère. C'était de la haine qu'il y avait dans sa voix.

Damien reconnaissait bien la haine, il la fréquentait à tous les instants. Grand-mère avait dû parler d'autres choses dans le temps.

Mais il ne lui restait plus que ces mots-là dans la bouche.

Toujours les mêmes dans le même ordre. Une fois, Damien avait demandé à Lorraine qui était Lili-Catherine. Mais elle l'ignorait. Il n'aurait jamais osé le demander à Elle. Et apparemment, Lorraine n'avait pas osé non plus. Damien marqua un temps d'arrêt devant la salle à manger.

Puis il entra, l'estomac noué. Plus tard, il irait vomir dans les toilettes. C'était programmé. Il allait toujours vomir dans les toilettes. Si Janine, la cuisinière, ne lui avait pas donné du pain beurré en cachette, il serait mort de faim depuis longtemps. Il était affreusement maigre.

– Toujours le dernier, dit Elle.

Cela ne servait à rien de répondre. Que Damien habite tout en haut de la maison n'excusait pas qu'il soit le dernier arrivé.

– Et, bien sûr, tu ne t'es pas lavé les mains.

Damien esquissa le geste de cacher ses mains. Il se contenta finalement de les regarder d'un air dubitatif.

– T'attends qu'elles te parlent ? demanda Elle.

Lorraine pouffa dans sa serviette.

– Non, Madame, dit Damien.

Il tourna sur ses talons et alla jusqu'à la salle de bains. Il fit couler l'eau mais ne se lava pas les mains.

Lorraine et sa mère n'avaient pas commencé à manger avant son retour. C'était la règle. On ne mangeait pas tant que tout le monde n'était pas assis. Madame se servit en premier. Céleri rémoulade, betteraves.

Lorraine fit la grimace. Elle n'aimait pas non plus.

Interdiction de dire le moindre mot. Damien balançait ses jambes sous la table. Si Elle s'en apercevait, Elle se fâcherait. Damien arrêta son mouvement. La rémoulade lui soulevait le cœur. Il se demanda ce qui se passerait s'il vomissait dans son assiette. Lorraine chipotait. Si d'aventure il en faisait autant, Madame le réprimanderait. Mais Lorraine était sa fille. Elle avait le droit. Janine posa le rôti de bœuf saignant et les haricots verts sur la table. D'office, Madame servit la «souris» bien cuite à Lorraine. Damien détestait la viande saignante mais il n'avait jamais la «souris». Lorraine ne mangeait pas les haricots, on lui donnait des pommes de terre sautées. Madame avait décrété que les patates n'étaient pas bonnes pour Damien. Au nom de quoi, personne ne le savait. Aucune chance que Damien puisse se rattraper sur le fromage. Il n'y en avait jamais parce que Madame trouvait que cela faisait grossir. Quant au dessert… C'était un yaourt ou rien. Si seulement son père était là… Mais il n'était jamais là. Comme Madame avait décidé qu'ils vivraient dans sa maison familiale, à la campagne, son père restait à Paris toute la semaine. Le week-end, soit Madame allait le rejoindre, soit il avait autre chose à faire. Quand elle partait, c'était la fête. Tout le monde, y compris Lorraine, en profitait au maximum. Malheureusement, cela n'arrivait pas très souvent.

Quand Madame revenait, Lorraine se laissait aller à son plaisir favori : la délation. Damien finissait toujours par être puni. Même Janine avait droit à des remontrances.

Lorraine gagnait cinq francs pour avoir tout raconté à sa mère. Janine entra dans la salle et se racla la gorge.

– Qu'y a-t-il, Janine ? demanda Madame.

– C'était pour vous dire… à propos du jardinier…

– Eh bien, quoi ?

– Il y en a un qui s'est présenté, quand vous êtes partie.

– Et alors ? Il a de bonnes références ?

– Il s'occupe du presbytère. Oui, je crois qu'il est bien.

– Vous lui avez dit de repasser, j'espère ?

– Oui, Madame. Il viendra demain matin.

– Bon, apportez le dessert.

Au moment du yaourt, Madame autorisait la conversation. Ou, plus exactement, elle parlait à sa fille qui avait le droit de lui répondre.

– Tu as fait tes devoirs pour lundi ?

– Oui, maman.

– J'irai vérifier tout à l'heure.

Bien évidemment, Elle ne vérifiait jamais ceux de Damien. Il n'y avait pas que des mauvais côtés à sa situation.

Lorraine était obligée de faire ses devoirs et d'être la meilleure. Et elle avait beaucoup de mal. On entendait hurler Madame quand Lorraine n'était pas à la hauteur de l'ambition de sa mère. Damien était le premier de sa classe.

Madame l'ignorait mais, lui, il le savait. Il était plus intelligent que Lorraine, il était plus fort dans toutes les matières. Damien se réfugiait dans le travail, il n'avait que ça. Et c'était une vraie chance que Lorraine soit plus jeune d'un an. Madame n'aurait pas supporté que sa fille soit dominée par le fils de son mari.

– Il faudra faire un peu d'anglais, dit Madame.

L'anglais n'était pas vraiment au programme de Lorraine. Mais sa mère voulait absolument qu'elle l'apprenne le plus tôt possible. Il fallait aussi que Lorraine fasse du piano et de la danse et du dessin. Elle n'avait jamais le temps de jouer, ni le temps de rêver. Le père de Lorraine lui envoyait souvent des cadeaux: de somptueuses poupées qui devaient coûter une fortune. Madame les prenait aussitôt et les donnait aux pauvres. Elle disait que sa fille était trop vieille pour les poupées mais la vraie raison était qu'elle ne voulait rien accepter de son ex-mari. Lorraine en avait les larmes aux yeux de voir partir les poupées. Damien n'aimait pas Lorraine mais il trouvait que c'était cruel de lui prendre ce qui lui appartenait. Madame était méchante. Pas volontairement avec Lorraine, elle était persuadée que c'était pour son bien. Madame distribuait le malheur autour d'elle comme d'autres distribuaient les bonbons. Et Damien en avait plus que sa part.

– Je t'ai entendue répéter ton morceau pour l'audition. C'était horrible. Comment espères-tu passer dans la classe supérieure si tu ne fais aucun effort ? Je suis très déçue.

– Il est très dur… commença Lorraine.

– Quoi ? C'est toi qui es paresseuse ! Tu ne travailles pas assez ! Ton professeur s'est encore plaint que tu ne faisais pas tes gammes !

Lorraine baissa le nez vers son yaourt. Elle détestait le piano, elle détestait la danse et l'anglais et l'école !

– Si tu ne t'améliores pas, tu n'iras pas à l'anniversaire de Clara.

Les menaces de Madame n'étaient jamais faites en l'air. Lorraine ne le savait que trop bien.

– Est-ce que je peux répéter avant d'aller me coucher ?

Madame poussa un soupir de contentement. Lorraine avait dit exactement ce qu'il fallait.

– Exceptionnellement. Tu peux travailler jusqu'à neuf heures.

– Merci, maman.

Damien aurait adoré apprendre le piano. Mais l'instrument appartenait à Madame et jamais il n'aurait osé poser un doigt dessus. En tout cas, il aurait sûrement été plus doué que Lorraine ! Il n'y avait aucune chance qu'elle devienne bonne un jour. On ne fait pas bien ce qu'on n'aime pas. Damien attendait l'autorisation de quitter la table. Son ventre tendu refusait d'accepter la nourriture. Elle commençait à lui remonter dans la gorge. Madame plia sa serviette. C'était le signal.

– Vous pouvez sortir de table.

Damien se leva sans précipitation. Puis il se dirigea vers l'escalier et la salle de bains de l'étage pour vomir tranquillement.

– Si c'est toi, Lili-Catherine, tu peux repartir tout de suite !

Grand-mère n'était pas encore couchée.

*
* *

Personne ne montait jamais dans le grenier. Même pas la femme de ménage. Tout le monde se moquait bien de savoir si Damien vivait dans une porcherie. Au début, il n'avait pas nettoyé. À la longue, il avait trouvé insupportable de respirer la poussière. Alors, il passait le chiffon et l'aspirateur. Comme il n'y avait pour ainsi dire rien, c'était plutôt vite fait. Avant, c'était sa mère qui faisait sa chambre. Il y avait de ça une éternité. Quand Damien était petit. Sa mère était morte et il ne savait pas de quoi. Et puis son père s'était remarié avec Madame et il ne savait pas pourquoi. Comment pouvait-on avoir envie d'être marié avec Elle ? La première fois qu'il avait vu Madame, il avait eu peur. D'instinct.

Pourtant, elle était tout sourire. « Qu'il est mignon, quel adorable petit garçon ! » Menteuse. Son père regardait Madame et il ne voyait rien. Il ne voyait pas la méchanceté sur son beau visage. Car, de fait, Madame était belle. Damien avait ramassé quelques vieux chiffons dans l'office. Il s'en servait pour boucher les fissures dans les murs. Il devrait dormir habillé ce soir car il faisait froid.

Tous les matins, il décidait de réclamer le chauffage. Et tous les matins, il renonçait. Il ne pouvait pas demander quoi que ce soit à Madame. Elle le fixerait de ses yeux glacials et elle trouverait une bonne raison pour dire non.

Et elle lui ferait payer son audace. D'une manière ou d'une autre. Elle dirait à Janine d'acheter de la langue de bœuf, par exemple. Ou alors, elle accuserait Damien d'avoir cassé quelque chose et elle l'enfermerait dans la cave. Damien tremblait à l'idée de la cave. Il y avait des rats partout. C'était noir et encombré d'objets inquiétants.

Quand Madame l'enfermait dans la cave, elle dévissait l'ampoule et l'emmenait avec elle. Une fois, la femme de ménage avait protesté. Madame l'avait renvoyée et en avait pris une autre.

Janine se taisait, elle voulait garder sa place. Alors, Damien restait dans le froid du grenier. Il s'y était habitué, finalement. Il était juste enrhumé en permanence. Il poussa le chiffon entre les planches mal jointes.

Contre toute attente, l'une d'elles céda. Ou plutôt, elle se déboîta. Damien essaya de la remettre en place. Puis il aperçut quelque chose gravé dans le mur derrière. Il s'agenouilla pour mieux voir. Les lettres étaient en partie effacées mais on distinguait clairement la forme d'un cœur.

C'était drôle. Damien tira sur le fil de sa lampe de chevet pour approcher la lumière. Oui… Il y avait deux noms enlacés dans le cœur. Théo. Si Théo était bien lisible, gravé profondément dans le plâtre, l'autre nom était difficilement déchiffrable. Deux écritures différentes : un homme et une femme. Beaucoup de lettres... Une excitation nouvelle s'empara de Damien. Autant de lettres...

Lili-Catherine.

L'année prochaine, j'irai en pension. J'aurais bien voulu y être dès cette année mais papa trouve que je suis encore trop jeune. C'est bien la seule chose sur laquelle on est d'accord, Elle et moi. Elle n'a qu'une envie, c'est que je parte. Il faut que je tienne encore huit mois. Je suis comme Cendrillon. J'ai une méchante marâtre. Elle n'a qu'une fille mais Lorraine est bien assez teigne pour deux... Hélas, moi, je n'ai pas de gentille marraine fée. Je n'ai que Lili-Catherine.

Chapitre 2
LA HAINE

Janine tendit le pain beurré à Damien. Puis elle se posta près de la fenêtre pour surveiller Madame. Damien engloutit le pain si vite qu'il s'en étouffait. Tant pis. Ça valait mieux que de se faire surprendre. Madame parlait au jardinier. Enfin, à celui qui s'était proposé. Les jardiniers, c'était comme les femmes de ménage : ils ne restaient pas longtemps. Il n'y avait que Janine qui tenait le coup. Par la fenêtre entrouverte, on entendait la voix de Madame.

– Vous n'aurez pas beaucoup de travail en cette saison, alors ne comptez pas que je vous paie plus de trois heures pour la semaine.

– Oui, Madame.

Damien jeta un œil. Le jardinier était grand et maigre, il avait peut-être la quarantaine mais c'était dur de lui donner un âge. Il regardait Madame droit dans les yeux.

– Il faudra faire des plantations au printemps. Je tiens beaucoup à ce que mes plates-bandes soient parfaites.

– Oui, Madame.

Pas bavard, le jardinier. Mais comme il regardait Madame droit dans les yeux… Madame détourna la tête. Jamais personne ne la regardait comme ça, droit dans les yeux…

– Bon eh bien, c'est tout, dit Madame.

Elle entra dans la maison. Le jardinier prit son temps puis partit d'un pas nonchalant. Janine sourit.

– Pas le genre qui se laisse impressionner… souffla-t-elle à Damien.

– Alors, il ne va pas rester, répondit Damien.

Madame regagnait son bureau. Sûrement pour faire ses comptes. Avec tout l'argent que son père lui donnait, elle comptait quand même chaque sou. Grand-mère s'éveilla au bruit de son passage.

– Si c'est toi, Lili-Catherine, tu peux repartir tout de suite !

Damien s'assit à la table de la cuisine.

– Mais qui c'est Lili-Catherine, tu le sais toi, Janine ?

– Non. Personne ne le sait !

– Et Théo ?

– Qui ?

– C'est... un nom que j'ai entendu...

– Tu devrais filer au grenier avant que Madame te surprenne.

Damien soupira et se leva. Encore une semaine d'école et ce serait les vacances de Noël. Il n'y avait pas pire que les vacances. Mais il y avait une chance que son père fasse une apparition. Damien allait monter l'escalier puis il changea soudain d'avis. Il s'approcha de la chambre de Grand-mère. Il tourna doucement le bouton et entra. Grand-mère était prostrée dans son fauteuil. Le store était baissé et la pièce était dans la pénombre. Damien examina l'endroit. Il n'y avait jamais mis les pieds. C'était une chambre avec une décoration de vieille dame. Des napperons en dentelle sur les tables de chevet, des photos encadrées un peu partout. Damien s'attendait que Grand-mère lui dise sa phrase mais elle ne dit rien. Elle semblait l'observer. Mais ce n'était qu'une impression car elle était aveugle. Damien avança doucement. Il voulait voir les photos. De vieilles photos, bien sûr. Grand-mère quand elle était jeune. Grand-mère en communiante, Grand-mère en mariée. Elles étaient bien inutiles ces photos puisqu'elle ne pouvait plus les voir. Damien s'arrêta à la photo de mariage.

À côté de Grand-mère, il y avait le marié. Un jeune homme élégant aux yeux tristes. Damien prit la photo, la sortit du cadre. Au dos, il y avait écrit : 23 juillet 1954. Françoise Jabier et Théophile Chassart. Damien remit le cadre en place.

Grand-mère s'appelait Françoise. Et Théophile gravait des cœurs avec le nom de Lili-Catherine enlacé au sien. Damien savait maintenant pourquoi Grand-mère haïssait Lili-Catherine : c'était sa rivale. Qu'était-il arrivé à Lili-Catherine après le mariage de son bien-aimé ? Elle avait peut-être épousé quelqu'un d'autre. Elle vivait peut-être encore quelque part dans le coin ? Théo avait le visage triste, le jour de son mariage. Grand-mère se redressa brusquement et tonna d'une voix plus forte qu'à l'accoutumée.

– Si c'est toi, Lili-Catherine, tu peux repartir tout de suite !

– Qu'est-ce que tu fais là ?

Les cheveux de Damien se hérissèrent sur sa nuque. Madame était entrée. Elle l'avait surpris dans un endroit où il n'avait pas le droit de se trouver.

– Je... J'ai... J'ai entendu un bruit... J'ai... J'ai cru que Grand-mère avait un problème...

– Espèce de sale menteur !

Madame attrapa Damien par le bras et le secoua.

– Tu voulais voler quelque chose, hein, avoue !

– Non, non ! J'ai eu peur qu'elle soit tombée de son fauteuil !

Madame le secouait tellement fort que les dents de Damien s'entrechoquaient. Quoi qu'il advienne, s'en tenir à sa version. Cela ne servirait à rien d'avouer un acte qu'il n'avait pas commis.

– Petit menteur, petit voleur ! Sale vermine ! Je vais t'apprendre les bonnes manières, moi !

Madame le poussa vers la porte. Damien ne se débattait pas.

– Je vais t'apprendre ! Va donc rendre visite à ceux de ta famille, sale rat !

Pris de panique, Damien voulut se dégager. Il glissa.

– Non, non, pas la cave !

Madame le traîna sur le sol vers l'entrée de

la cave, sous l'escalier. Janine apparut brièvement au seuil de la cuisine mais disparut aussitôt. Pas question qu'elle intervienne. Madame ouvrit la porte de la cave et jeta Damien dedans.

Il glissa sur les premières marches, se freina contre le mur en s'écorchant les mains.

– Jusqu'en bas! ordonna-t-elle.

Damien finit de descendre, les larmes coulant sur les joues.

– Et si jamais tu es remonté quand je viendrai te chercher, je te laisserai ici, toute la nuit!

Elle dévissa l'ampoule et referma la porte. Damien entendit le cliquetis de la clé. Il s'assit sur la dernière marche, sanglotant de peur. Il entendait les rats. S'ils le mordaient, il attraperait la peste. Ça devait faire horriblement mal, une morsure de rat. Il fallait qu'il pense à autre chose. Un exercice de calcul mental. Mais il tremblait tellement qu'il n'arrivait pas à se concentrer. Dix mille rats multipliés par vingt-cinq virus de la peste divisés par quatorze grands-mères... Dix-sept mille huit cent cinquante-sept virgule cent quarante-deux petits garçons enfermés dans une cave. Le cœur de Damien ralentit. Il avait retrouvé son calme. Mais il avait toujours peur. Il se réfugiait souvent dans le calcul mental. C'était efficace dans une certaine mesure. Mais dernièrement, cela ne fonctionnait plus trop. Son esprit s'échappa à nouveau vers Lili-Catherine. Comment avait-elle fait pour supporter que son amoureux se marie avec une autre ? Pourquoi il ne l'avait pas épousée, elle ? Est-ce que Grand-mère, du temps où elle s'appelait encore Françoise, était aussi méchante que sa fille ? Elle semblait plutôt inoffensive maintenant. Vieille avant l'âge, aveugle et à moitié folle. Peut-être que la méchanceté rendait fou. Ça serait juste. Madame n'avait pas l'air de perdre la raison pour le moment. Il faudrait l'y aider... Damien fronça les sourcils. Ça, c'était une vraie bonne idée. Mais c'était lui qui devenait fou, pas Elle...

Comment pourrait-il s'y prendre ? Mettre

un rat mort dans son lit. Il serait puni, automatiquement. Empoisonner son thé tous les matins... Avec quoi ? Il ne voulait pas la tuer.

Quoique... La haine, cela vous pousse au meurtre. Et si... Et si Grand-mère avait tué Lili-Catherine ? Et après, le remords l'avait rendue aveugle et folle. Damien n'avait pas envie qu'il lui arrive la même chose. Il faudrait qu'il imagine un plan tellement diabolique que personne ne pourrait deviner qui était responsable... Un rat grignotait dans un coin. Damien l'entendait mâchouiller. Il n'y voyait rien. Si seulement il pouvait cacher une bougie et des allumettes dans la cave... Madame avait toujours la clé avec elle. Pas moyen d'accéder à la cave. Et puis, si jamais elle le découvrait... Ça serait l'horreur. Damien essaya d'oublier le rat en repensant à son idée.

Comment se venger en toute impunité ? Un plan tellement diabolique... Une bougie et des allumettes... Une figurine de cire. C'était évident. Il allait fabriquer une poupée avec de la cire de bougie à l'image de Madame. Il allait planter des épingles dedans pour la faire souffrir. Il n'y connaissait rien en incantations magiques et en magie noire. Mais à y bien réfléchir, les premiers qui avaient fait ça, ils ne savaient pas non plus. Ils avaient tout inventé. Il n'avait qu'à en faire autant. Et une cave sombre envahie de rats était un endroit idéal pour créer des formules magiques. Il n'avait rien d'autre à faire que d'y penser. Il fallait d'abord en appeler aux puissances des ténèbres.

« Ô Roi des Rats… Prince de la nuit. » Trop vague. Qui pourrait bien lui venir en aide ? Le diable ? Un peu risqué.

On ne sait jamais où ça peut vous conduire, le commerce avec le diable. Sûrement en enfer. Il allait avoir besoin de documentation. Quel était le peuple le plus doué en magie noire ? Les sorciers africains. Les sorciers vaudou. Ils étaient sûrement très forts, ceux-là. Ils devaient avoir plein de démons avec des noms exotiques. Mais Damien avait besoin de quelque chose de plus personnel. Un démon rien qu'à lui. Qui pourrait s'intéresser plus particulièrement à son cas? Quelqu'un qui avait des comptes à régler avec Madame.

Ou avec sa famille. Lili-Catherine. Damien était persuadé qu'elle était morte. Elle devait se traîner lamentablement entre deux mondes, le malheur vous empêche sûrement d'aller au paradis. Elle attendait le moment de se venger, elle aussi. « Maudits jusqu'à la septième génération... » Il avait lu ça dans un livre. Lili-Catherine, à l'instant de sa mort, eut un dernier sursaut: « Vous serez maudits jusqu'à la septième génération! Toutes les femmes de votre sang deviendront folles! Un jour, un enfant vous sera envoyé et je pourrai enfin assouvir ma vengeance! » Et elle mourut, les yeux grands ouverts. Voyant cela, Françoise devint aveugle et sombra dans une lente agonie. Sa terreur était bien que Lili-Catherine revienne. C'était la seule chose qui était encore dans son esprit dérangé. « Si c'est toi, Lili-Catherine, tu peux repartir tout de suite! »

La haine, ça dure pour l'éternité. Ça ne meurt pas avec les personnes. Ça reste dans les mémoires, ça se faufile entre les murs, ça se transmet de parent à enfant. On l'oublie… et elle revient quand on ne s'y attend plus. Damien se redressa. Il se leva, monta sur la marche.

– Rats ! Je n'ai plus peur de vous ! Vous êtes mes alliés, mes confidents ! Ceux de ma famille, qu'Elle dit ! Ouais ! Frères et sœurs ! Écoutez-moi ! Je suis celui qui porte la haine ! Et je vous le dis, à vous, car vous ne le répéterez pas : Lili-Catherine est de retour !

J'ai été envoyé au lit sans dîner, ce dont je suis ravi !

Elle croit qu'Elle me punit en faisant cela. Ça me fait bien rigoler. Je n'ai pas eu besoin d'aller vomir, ce soir. Je l'entends qui engueule Lorraine à propos de son vocabulaire d'anglais. Lorraine n'a pas appris sa liste de mots. La voix de Madame monte jusqu'à moi, elle passe au travers de la porte. Je m'en moque, la porte est fermée.

J'ai un secret. J'ai piqué une bougie à l'office. J'ai essayé de la faire fondre mais ça ne marche pas avec juste des allumettes. Il faudrait que j'aie une casserole. Je ne sais pas comment faire. J'ai eu une idée géniale pourtant : j'ai récupéré les cheveux de Madame sur sa brosse à cheveux. Je les ai collés sur la bougie. Peut-être que c'est suffisant. J'ai planté deux épingles. J'ai caché la bougie derrière la planche de bois, là où il y a le cœur. De toute façon, je ne risque pas grand-chose, personne ne vient jamais ici.

Chapitre 3

LA MAGIE

Lorraine buvait du chocolat au petit déjeuner. Madame avait décrété que le lait frais était mauvais pour Damien. Il avait du thé en sachet. Lorraine avait des toasts et de la confiture. Damien devait se contenter d'une bouillie de céréales mélangée dans du yaourt sans sucre. Les céréales ne se diluaient pas bien dans le yaourt. Elles restaient croquantes, en paquets, et c'était vraiment dégoûtant. Damien se forçait à les manger. C'était le seul repas qu'il ne vomissait pas. Il y avait une raison à cela. C'était aussi le seul repas qu'il ne partageait pas avec Madame. Elle restait au lit jusqu'à dix heures.

– T'as pas le droit, dit Lorraine.

Damien avait avancé la main vers le dernier toast.

– Mais tu ne le manges pas !

– Je le dirai à maman si tu le prends !

Damien regarda Janine qui se détourna aussitôt.

– Qu'est-ce que ça peut bien te faire que je le mange ?

– T'as pas le droit !

Elle le défiait. C'était le genre de conflit que Damien ne pouvait pas gagner. Il haussa les épaules et quitta la cuisine. Il mit son manteau, prit son cartable et sortit. Lorraine lui courut après.

– Tu dois m'attendre pour aller à l'école ! Je le dirai à maman ! Elle t'enfermera dans la cave !

– J'adore la cave, il n'y a pas de cafard dans ton genre !

Lorraine resta bouche bée. Jamais Damien n'avait osé lui parler sur ce ton.

– Je le dirai à maman ! dit Damien en la singeant. Pauvre tache !

Damien se sentait fort. Pas de doute : la magie fonctionnait. Il venait de réduire Lorraine au silence. Il aurait dû prendre le toast...

L'école, c'était le paradis. Damien y était presque heureux. Il avait quelques copains mais il ne pouvait pas les inviter. Il ne pouvait pas aller chez eux non plus. Et, malheureusement, il fallait rentrer le midi. Madame trouvait que la nourriture de la cantine n'était pas saine. Mme Laborde, la maîtresse de Damien, le regarda approcher.

– Tu as encore maigri, dit-elle sur le ton de l'interrogation.

– Je dois suivre un régime très strict, répondit Damien. C'est pour mon bien.

– Quel est le problème ?

– Mauvaise digestion.

Mme Laborde avait des doutes. Au fil des mois, elle avait vu Damien maigrir, les cernes se creuser sous ses yeux. Il travaillait bien en classe mais il avait l'air anxieux dès qu'il quittait l'école. Elle l'avait remarqué.

Quand il se mettait en short pour la gymnastique, Mme Laborde l'examinait de loin. Il n'avait pas de marques de coups, juste les bleus habituels chez les enfants. Mais sa maigreur était inquiétante et il ne souriait jamais. Elle ne pouvait rien prouver et Damien ne se plaignait pas. Elle le surveillait malgré tout, attentive au moindre signe.

*
* *

Le froid s'était renforcé. Le ciel était gris. Il allait peut-être finir par neiger. Des bourrasques de vent soulevaient la poussière sur le chemin. Damien n'avait pas envie de rentrer mais Lorraine était pressée. Ils déposèrent leurs cartables dans l'entrée. Madame était déjà dans la salle à manger. Ils firent un détour par la salle de bains pour se laver les mains.

– Si c'est toi Lili-Catherine, tu peux repartir tout de suite!

Damien grimaça au son de la voix de

Grand-mère. Elle ne va pas repartir, Grand-mère… Elle est là pour rester.

Il y avait de la langue de bœuf sur la table. Lorraine n'en mangeait pas, bien sûr. Madame prétendait qu'elle y était allergique. Lorraine jeta un regard par en dessous à Damien.

Ils savaient tous les deux que c'était une punition. Madame servit Damien. Il eut un haut-le-cœur. Il porta la fourchette à sa bouche. Avaler sans respirer, c'était la seule solution. Damien sentit les larmes monter. Il n'y arriverait pas. Il recracha le morceau dans son assiette. Lorraine regarda sa mère. Jamais Damien n'avait fait ça auparavant.

– J'en veux pas, dit Damien.

Janine faillit laisser choir la carafe d'eau. Malgré elle, Lorraine tremblait sur sa chaise. Madame posa son couteau, d'un geste lent.

– Pardon?

– J'en veux pas, répéta Damien.

– Et la cave, tu en veux?

– Oui, je veux bien, répondit-il.

Les narines de Madame frémirent.

– Tu vas manger, dit-elle. Tout. Y compris ce que tu viens de recracher.

– Non.

Madame se leva. Elle fit le tour de la table. Elle empoigna Damien par les cheveux et lui tira la tête en arrière.

– Oh si, tu vas manger !

Elle piqua dans le morceau de langue et voulut le forcer à ouvrir la bouche. Il résista et la fourchette dérapa, lui écorchant le menton. Il repoussa Madame. La main partit, incontrôlable, et frappa Damien sur la joue. Il tomba de sa chaise sous le choc.

– Madame…

– Janine, sortez immédiatement !

La cuisinière hésita une seconde puis obéit. Madame était en rage. Elle arracha le cordon des rideaux. Lorraine la suivait de ses grands yeux effarés. Madame releva Damien, le fit asseoir, lui tordit les bras pour lui attacher les mains au dossier. Elle serra tellement fort que

Damien ne put retenir un gémissement de douleur.

– Prends ton assiette et va finir dans la cuisine, ordonna Madame à sa fille.

Lorraine fila à toute vitesse, au bord de la panique.

– Et maintenant, à nous deux...

Elle prit le temps de découper soigneusement la langue de bœuf. Elle pinça le nez de Damien pour l'obliger à ouvrir la bouche. Elle enfourna la viande. Damien suffoquait. Il fallait qu'il avale ou il allait s'étouffer.

– Jusqu'au dernier morceau... dit Madame, entre ses dents.

Les larmes coulaient sur les joues de Damien. Les ongles pointus de Madame pénétraient profondément dans la chair de son nez. Le sang perça. Elle enfonçait la viande jusque dans sa gorge. Le ventre de Damien se contracta. Les morceaux ne descendaient pas, bloqués dans l'œsophage. Il pencha brusquement la tête en avant. Ses cheveux s'accrochèrent dans la main de Madame. Il vomit sur la nappe et perdit connaissance.

*
* *

Quand Damien ouvrit les yeux, il vit qu'il se trouvait dans le salon. Il était étendu sur le canapé. Il y avait quelque chose de froid sur son front. Il y porta la main et retira un gant de toilette mouillé. Janine était là.

– Qu'est-ce qui se passe ? demanda Damien d'une voix faible.

– Tu ne te souviens pas ? Tu t'es évanoui, mon garçon.

– Où Elle est ?

– Elle est sortie. Elle t'a laissé sur la chaise et elle est sortie ! Il a fallu que j'appelle Armand pour m'aider.

Damien aperçut alors la haute silhouette du jardinier, en retrait, de l'autre côté du canapé. Il se redressa pour mieux le regarder.

– Je l'ai pas mangée, dit Damien avec satisfaction.

– Je n'aurais jamais cru… commença Janine. Je n'aurais jamais cru qu'elle fasse une chose pareille…

– Moi si, répondit Damien, presque sereinement. Je m'en fous, j'ai gagné.

– Il ne faut pas que tu la provoques comme ça ! Elle essaie de te donner une bonne éducation !

Damien en resta muet de stupéfaction. Armand fit un pas vers lui, le visage contracté.

– Mais ce n'est pas de sa faute ! s'écria-t-il. On n'a pas le droit, ah ça non ! on n'a pas le droit de faire ça à un enfant !

– Je dis pas que je suis d'accord, répondit Janine. C'est comme ça qu'elle est. Elle a des principes très stricts. Il faut lui obéir.

– Oui eh bien, moi, je vais aller à la police, dit Armand.

– Et vous croyez qu'ils vont vous écouter ? Le brigadier, c'est le cousin de Madame. Vous aurez des ennuis et ça n'aidera pas Damien.

– Alors, j'appellerai les services sociaux.

Damien s'assit. Les services sociaux, pour lui, ça signifiait l'orphelinat.

– Et c'est encore moi qui serai puni, remarqua-t-il.

– Il ne faut pas penser comme ça, dit Armand. Tu seras protégé au contraire.

– Madame ne l'avait jamais frappé avant. Je ne crois pas qu'elle recommencera. Elle avait l'air très embêtée... La colère lui a fait perdre la tête, elle n'a pas l'habitude qu'on lui résiste. Moi, je suis d'avis qu'il ne faut rien faire cette fois. Mais bon... Si jamais ça arrivait encore, alors là, bon...

Janine avait peur d'être renvoyée. Damien savait bien qu'elle était toute seule pour élever ses trois enfants et que c'était difficile de trouver du travail. Et puis, il n'avait pas envie que quelqu'un se mêle de ses affaires. La magie l'avait rendu fort. Il n'avait plus peur. Enfin, presque... Ce n'était pas vrai que Madame ne l'eût jamais frappé avant. Seulement, il n'y avait pas eu de témoins et ça n'avait pas laissé de traces. Damien se frotta les poignets.

Le cordon de rideau avait marqué la peau profondément. Et son visage était écorché.

– Je dois aller à l'école, dit soudain Damien.

– Madame a donné un mot à Lorraine pour ta maîtresse, répondit Janine. Comme quoi t'avais eu un malaise!

– Je vais monter me reposer.

Damien regarda Armand.

– Dites rien à personne, s'il vous plaît. Elle me le ferait payer et vous perdriez votre emploi.

– C'est le cadet de mes soucis!

– Je la connais, insista Damien. Même si j'étais à des milliers de kilomètres, elle me retrouverait!

– Et ton père? demanda Armand.

– C'est Elle qu'il croira... Elle lui dira que je lui fais une vie impossible, que je fais exprès de la mettre en colère. Je le sais, j'ai essayé une fois de lui parler...

La voix de Damien s'étrangla au souvenir. Il

avait dit à son père que Madame était méchante avec lui. Il ne l'avait pas cru, il n'avait rien compris. Il l'avait même disputé parce qu'il ne faisait aucun effort pour être ami avec Lorraine ! Et dès que son père avait eu le dos tourné, Madame l'avait enfermé dans la cave pour lui apprendre à raconter des mensonges à son père. Il n'était pas près de refaire cette erreur-là. Damien se leva et chancela sur ses jambes tremblantes.

Armand réagit aussitôt et le prit dans ses bras.

– Je vais te porter au grenier, mon petit.

Armand n'eut aucune difficulté à monter les escaliers tant Damien était léger. Il le coucha dans son lit.

– Je ne ferai rien cette fois, dit-il. Puisque c'est ce que tu veux. Mais si ça se reproduit, je la dénoncerai.

– Merci.

– Il fait froid ici. Où est le chauffage ?

– Il n'y en a pas...

– De mieux en mieux ! T'inquiète pas pour ça, je vais te trouver un radiateur électrique.

– Merci, Monsieur...

– Je m'appelle Armand. Et n'oublie pas que tu as des amis sur lesquels tu peux compter.

Damien aurait bien voulu croire ça. Mais la seule amie sur laquelle il désirait compter, c'était Lili-Catherine. Il ne voulait pas qu'on l'aide ni qu'on le protège. Ce qu'il voulait, c'était se venger de Madame et de toute sa famille.

Armand s'en alla, maugréant contre Madame. Ça faisait du bien, quand même, de savoir que tant d'autres personnes la détestaient. Damien se mit à rêver du radiateur et sombra peu à peu dans le sommeil.

*
* *

Damien s'éveilla au son d'une voix. Il ne pouvait s'y tromper. C'était celle de Madame criant après Lorraine.

Damien se leva et entrouvrit la porte pour écouter.

– Un huit! Un huit! hurlait Madame. Un

huit à ton contrôle de maths ! Et la septième place ! Va dans ta chambre, tu me fais honte ! Je ne veux plus te voir !

Lorraine monta, en larmes, se réfugier dans sa chambre.

Damien ricana. Il entendit Madame entrer dans le bureau puis en ressortir aussitôt.

– Et tu peux faire une croix sur l'anniversaire de Clara !

Damien se rapprocha doucement de la rampe. Accroupi dans l'ombre, il risqua un coup d'œil. Madame était toujours au pied de l'escalier. Elle regardait ses mains manucurées avec soin. Elle jura sourdement. Madame venait de se casser un ongle. Damien retourna prudemment dans le grenier. Il fit le bilan de la journée. Il n'avait pas mangé la langue de bœuf, il allait avoir un radiateur, Lorraine était punie et Madame s'était cassé un ongle. Pas de doute : la magie, ça marchait vraiment bien.

Janine est venue me faire le message : je n'aurai le droit de redescendre que lorsque j'aurai fait des excuses à Madame. Autrement, je devrai me passer de dîner.

« Eh ben, je vais m'en passer, j'ai dit à Janine. Et je ne peux pas aller à l'école non plus. »

Janine a essayé de me persuader. Mais je préfère crever de faim que de lui faire des excuses. De toute façon, je vomis tout, alors quelle différence, hein ? Janine est quand même gentille. Elle a caché un bout de pain dans son tablier. Je sais à quel point elle a la trouille d'être renvoyée. C'est vraiment courageux de sa part. « Je ne céderai pas », j'ai dit à Janine.

Je me demande ce que va faire Madame. Elle va sûrement imaginer un genre de torture spécial pour que j'obéisse. Ça me fiche les jetons, malgré tout. Mais avec les fêtes de Noël, papa va revenir. Si je peux tenir jusque-là, elle va être obligée de céder la première. Et il y a les marques sur mes poignets. Elles vont peut-être rester longtemps. C'est une preuve, ça. Je vais prendre la poupée de cire que j'ai planquée derrière la planche. Je vais lui planter un vieux clou rouillé que j'ai trouvé dans un coin du grenier. Ça doit faire très mal ça, un clou rouillé. Allez, viens, Lili-Catherine, j'ai du travail pour toi.

Chapitre 4
ORAGE SUR LA MAISON

Il pleuvait. Par chance, le toit était en bon état et ne fuyait pas. Cela faisait deux jours que Damien était condamné au grenier. Il n'avait même pas faim. Tout le monde semblait l'avoir oublié. Il ne se levait presque plus du lit, sauf pour aller aux toilettes. C'était une expédition dangereuse.

Il fallait qu'il descende d'un étage et il avait toujours peur de rencontrer Madame. Alors, il attendait jusqu'à ce qu'il ne puisse plus tenir. Il n'y avait que la nuit qui était sûre. Heureusement, il avait une vieille bouteille en plastique. Il la remplissait chaque fois dans la salle de bains. Ses jambes avaient de plus en plus de mal à le porter.

Il devait s'accrocher à la rampe pour ne pas tomber. Il allait quand même falloir trouver une solution. Damien songeait à un raid dans la cuisine pendant la nuit. Après tout, il pouvait voler la nourriture. Madame ne regardait jamais dans les placards. Il n'y avait que Janine qui pourrait s'apercevoir qu'il manquait quelque chose. Elle ne le dirait probablement pas.

Cette nuit-là, le vent était violent et la pluie frappait avec force. Avec tout ce vacarme, qui donc pourrait bien l'entendre ? C'était décidé. Dès qu'il serait suffisamment tard, il descendrait à la cuisine. Les heures ne passaient pas vite. Damien était plongé dans un demi-sommeil fiévreux. Il frissonnait sous ses couvertures. Il s'éveilla brutalement, conscient d'une présence auprès de lui. Il s'assit dans son lit et scruta tous les recoins de son grenier. Il n'y avait personne et la porte était fermée. Il se frotta les yeux. Il avait dû rêver ce frôlement d'une main sur son front. Pourtant… Il y avait un parfum autour de lui. Une odeur de jasmin, puissante et persistante. Il fallait qu'il se nourrisse. Sa montre indiquait deux heures du matin. Tout le monde devait dormir dans la maison.

Il enfila un deuxième pull et se dirigea vers la porte. Il eut un peu de mal à l'ouvrir, l'humidité faisait gonfler le bois. Le vent rugissait dehors, c'était presque une tempête.

Damien espéra qu'il se mette à neiger. Les marches de l'escalier craquaient sous ses pas. Il dépassa le premier étage, le cœur battant. Il descendit plus rapidement, les deux mains accrochées à la rampe. La veilleuse de l'entrée restait allumée en permanence. La lumière était faible mais suffisante. Il se hâta vers la cuisine. Un paquet de biscuits, une tablette de chocolat. Il prit le lait dans le frigo et en but à même la bouteille. Du pain. Cela devrait lui permettre de tenir un peu. Il ne s'attarda pas dans la cuisine. Il allait remonter lorsqu'il entendit un bruit curieux. Il s'arrêta, chercha un endroit où se cacher. Le bruit était continu, une espèce de sifflement. Il comprit soudain que c'était la respiration difficile de Grand-mère endormie. Il écouta un instant. Grand-mère grognait par intermittence. Par moments, un mot inaudible s'échappait. Damien se rapprocha de la chambre et colla son oreille à la porte.

– Si jamais… si jamais…

Si jamais quoi ? Damien aurait bien aimé le savoir. Il ne pouvait pas rester là toute la nuit. Il allait repartir lorsque la voix de Grand-mère s'éleva d'un ton.

– Si jamais tu reviens, je te tue !

Damien paniqua. Si elle continuait comme ça, elle allait finir par réveiller Madame ! Il s'empressa de remonter au grenier. Personne n'avait bougé. Sans doute que le vent et la pluie faisaient trop de vacarme pour qu'on entende Grand-mère jusqu'à l'étage. Damien referma sa porte avec soulagement. À nouveau, le parfum de jasmin lui emplit les narines. Il s'assit sur son lit et mangea le pain avec le chocolat. C'était le meilleur repas de sa vie. Un repas gagné, une victoire sur Madame. Il planqua le paquet de biscuits sous son matelas. Grand-mère... Grand-mère avait tué Lili-Catherine.

Pourquoi est-ce qu'elle n'était pas en prison? Au lieu de ça, elle avait épousé Théo. Il ne devait pas savoir. Elle avait dû se débarrasser du corps, on ne l'avait jamais retrouvé... Ou alors, elle avait fait croire à un accident.

Peut-être que Lili-Catherine était enterrée dans le cimetière du village. Damien ne connaissait pas son nom de famille mais il ne devait pas y avoir tellement de gens dont le prénom était Lili-Catherine. Dès qu'il pourrait sortir de la maison, il irait visiter le cimetière. Songeur, Damien laissait errer son regard çà et là dans le grenier. Il s'arrêta sur la cachette. La planche était déboîtée. Il était pourtant certain de l'avoir remise en place. Peut-être qu'elle tenait mal, il allait falloir y faire attention. Damien se leva. La poupée de cire était toujours là, avec le clou et les deux épingles enfoncés.

Damien passa un doigt sur le cœur gravé. Il prit la poupée, retira le clou et le replanta violemment. La planche d'à côté ne tenait pas très bien non plus. Damien la souleva. Il y avait un petit morceau de bois entouré d'une ficelle effilochée. Damien s'en saisit et vit qu'il n'y avait pas un mais deux morceaux. La ficelle se cassa aussitôt et les deux bouts de bois se séparèrent. À l'intérieur, il y avait de fines fleurs blanches séchées. Damien les approcha de son nez. Elles ne sentaient plus rien depuis le temps qu'elles devaient être là. Mais Damien savait ce que c'était. Il reposa le morceau de bois par-dessus et referma avec un lacet de ses vieilles baskets trouées. Il inspecta derrière les planches pour s'assurer qu'il n'y avait rien d'autre. Il remit tout en place. Il aurait dû avoir peur. Peur de cette odeur de jasmin qui flottait dans le grenier. Peur de cette main qui avait touché son front et déboîté la planche pour qu'il découvre les fleurs séchées. Car il ne pouvait y avoir aucune doute. Il ne rêvait pas, il n'imaginait rien. Il y avait bien quelqu'un.

Quelqu'un qui, il y a longtemps de ça, avait gravé son nom dans le mur et avait cueilli des fleurs de jasmin pour les faire sécher. Il n'avait pas peur.

*
* *

Le matin lui amena une surprise. Profitant que Madame était allée en ville pour ses courses de Noël, Armand s'était introduit dans la maison. Il avait pensé au radiateur. C'était un vieux modèle qui fonctionnait encore très bien. Évidemment, le grenier était trop grand pour un tel appareil mais en le gardant près du lit, Damien pourrait profiter de sa chaleur. Armand avait aussi de la nourriture.

– La cuisinière m'a dit qu'on t'affamait.

– Je vole à manger pendant la nuit, répondit Damien.

– T'as raison mais ça ne peut pas durer comme ça... Fais-lui donc ses excuses à l'ordure et reprends une vie normale.

– Ma vie n'est pas normale, dit Damien.

– T'as encore raison… Pourquoi tu ne veux pas qu'on la dénonce ? Elle mérite une punition et toi, tu dois être protégé.

– Ça ferait de la peine à papa.

– Il faut qu'il soit au courant, non ?

Damien était à court d'arguments. L'odeur de jasmin avait disparu avec le matin. Il se sentait abandonné. Armand lui offrait son aide, pourquoi la refuser ? Damien ne pouvait pas lui expliquer la haine, la haine qui était plus forte que tout. Plus forte que l'amitié, plus forte que la peur. Plus forte que la mort.

– Je parlerai à papa quand il sera là, dit finalement Damien. Il va venir, c'est Noël.

– Bon, répondit Armand. Et s'il ne te croit pas, j'irai lui dire la vérité, moi.

– D'accord… Merci pour le radiateur et le saucisson.

Damien avait envie qu'il parte. Il se passait des choses étranges et il était curieux de voir la suite. Armand le gênait.

– Il vaudrait mieux que personne ne sache

que vous êtes là, dit Damien. Lorraine est à l'école mais elle va revenir. C'est une sale cafteuse.

Armand acquiesça. Autant être prudent s'il voulait continuer de veiller sur Damien. Il sortit en pensant que cette porte avait besoin d'un bon coup de rabot.

*
* *

Madame leva les yeux. Damien venait d'entrer dans la salle à manger. Lorraine n'osait pas regarder.

– Et alors ? dit Madame.

– Je viens pour m'excuser, répondit Damien.

– Il faudra y mettre plus de formes...

Damien se mordit les lèvres et prit sur lui.

– Je suis désolé de m'être mal conduit, Madame. Mais j'étais un petit peu malade, aussi...

Madame plissa les paupières et laissa passer un silence. Puis elle sourit.

– Allons... C'est la période de Noël, je te pardonne.

– Merci, Madame.

– Tu peux t'asseoir.

Damien n'avait pas vraiment faim après le saucisson d'Armand. Mais le déjeuner était bon pour une fois. Et même, à la fin, il n'eut pas envie de vomir. Il mit cela sur le compte de la magie. Et tout d'un coup, sans qu'on ait pu le prévoir, l'orage éclata. Lorraine étouffa un cri quand la foudre éclaira la fenêtre. Le tonnerre suivait de très près, signe que l'orage n'était pas loin.

– Je ne veux pas retourner à l'école ! dit Lorraine.

– Je te conduirai en voiture, voyons, répondit Madame.

– Mais si la foudre tombe sur la voiture ?

– Ne sois pas aussi stupide, Lorraine.

– Mais ça arrive !

– Balivernes !

Et la foudre tomba.

– Qu'est-ce que c'est? demanda Madame, sursautant malgré elle.

Janine entra dans la salle à manger, affolée.

– Madame, Madame! Le cerisier est en flammes!

Madame se leva et alla à la fenêtre. Les deux enfants en firent autant, bien qu'ils n'aient pas eu l'autorisation de quitter la table. Dehors, le grand cerisier brûlait. Il brûlait en dépit des torrents de pluie qui se déversaient sur lui. Damien ressentit une étrange excitation. Il y avait quelque chose de surnaturel dans cet arbre qui flambait.

– Mon cerisier! dit Madame. Mon cerisier! Ce n'est pas possible!

– C'est celui qu'on a planté quand tu es née, maman? demanda Lorraine.

Madame ne répondit pas. Un sourire passa brièvement sur les lèvres de Damien. L'arbre planté pour la naissance de Madame... C'était un avertissement. Mieux: une condamnation à mort. Et la foudre tomba à nouveau. Janine se prit la tête entre les mains. Lorraine recula d'un pas. Au fond du jardin, le pommier flambait à son tour.

– C'est une malédiction ! murmura Janine.

« Tu ne crois pas si bien dire... » pensa Damien.

– C'était l'arbre de qui ? demanda-t-il, presque certain de la réponse.

Madame l'ignora, fascinée par ces deux grands arbres foudroyés.

– C'est celui de Grand-mère... souffla Lorraine.

– Et le tien, c'est lequel ?

– C'est le petit pêcher qui ne donne pas de fruits.

Elle l'indiqua du doigt, s'attendant à le voir partir en flammes, lui aussi. La foudre l'épargna. Et aussi brutalement qu'il était apparu, l'orage cessa.

La pluie s'est arrêtée mais le jardin est un champ de boue. Je regarde les grands arbres calcinés par la fenêtre du grenier. Ils sont tout noirs. Ça me fait un peu de peine. Hier, ça me faisait plaisir.

Madame est partie à la ville. Je crois qu'elle ne veut pas être là quand Armand va abattre son cerisier. Il doit venir, je l'attends. J'ai envie de l'aider.

On pourra causer. Armand, c'est la seule personne à qui je peux parler. C'est triste, un arbre mort.

Chapitre 5
DÉRAPAGE

Damien enfila ses grosses bottes de caoutchouc. Il sortit dans le jardin. La terre détrempée faisait « flouch, flouch » à chacun de ses pas. Armand cognait sa hache dans le cerisier.

Il soufflait fort et laissait aller un « han » à chaque coup.

Il transpirait malgré le froid mordant. Il se tourna vers Damien qu'il avait entendu approcher.

– Comment ça va, petit ?

– Bien. Pauvres arbres.

– Ouais... Ça arrive... Mais deux dans le même jardin, j'avais jamais vu !

– C'étaient des arbres qu'on avait plantés pour la naissance des gens.

– Je sais… Le pommier, il avait plus de soixante ans.

– On a planté un arbre quand tu es né, toi ?

Armand ricana et donna le coup de grâce au cerisier. Un craquement sinistre se fit entendre et il s'effondra. Le cœur de l'arbre était tout blanc.

– Personne n'avait envie de fêter ça ! répondit Armand.

– Qu'est-ce que tu veux dire ?

– Que je n'étais pas désiré.

– Oh… Tes parents ne t'aimaient pas ?

– On n'a jamais su qui était mon père, alors…

– Et ta maman ?

– Elle ? Elle m'a abandonné à la naissance. C'est ma tante et son mari qui m'ont élevé. Braves gens.

Damien regarda Armand. Ça devait être horrible qu'on ne veuille pas de vous.

– Elle est où, ta mère ?

– Oh, elle est morte, il y a quinze ans…

Mais elle était partie depuis longtemps. Je ne l'ai jamais connue. On l'a enterrée ici parce que la famille a une concession. Personne n'est venu à son enterrement. Même pas moi. Je ne vois pas pourquoi j'y serais allé, d'ailleurs...

– Moi non plus, je ne suis pas allé à l'enterrement de ma maman... Mais c'est parce que j'étais trop petit.

– Tu veux m'aider à scier les branches ?

– Oui. Mais je ne suis pas très costaud.

Armand rit et lui tendit une extrémité de la grande scie.

Ils scièrent pendant deux bonnes heures. Damien avait des ampoules aux mains mais il était heureux de faire quelque chose. Madame n'avait pas voulu qu'il retourne à l'école. De toute façon, il ne restait plus qu'un seul jour avant les vacances. Madame prétendait que c'était parce qu'il n'était pas en bonne santé. Damien savait bien que c'était à cause des marques sur ses poignets. Elles étaient toujours là.

Elles y seraient encore quand son papa reviendrait. Madame devait être très embêtée. Il le savait car elle était presque gentille avec lui. Elle essayait de l'amadouer. Si elle croyait réussir, elle se fourrait le doigt dans l'œil.

*
* *

Grand-mère restait muette quand on passait dans le couloir. On était tellement habitué à l'entendre parler que c'était vraiment bizarre. Janine, qui la faisait manger, en était toute chagrinée.

– Elle file un mauvais coton, la vieille. Pas moyen de lui faire avaler quoi que ce soit. Quand Madame sera de retour, il faut qu'elle appelle le médecin. Ça tourne pas rond, je te le dis, moi.

– À ton avis, elle est au courant, pour son pommier? demanda Damien.

– Elle n'a plus toute sa tête mais ça veut pas dire qu'elle ne sente pas les choses. Cet orage... C'était comme si le ciel voulait nous prévenir.

– De quoi ? dit Damien, très intéressé.

– Ben… D'une catastrophe. Moi, quand mon cousin est mort, eh ben, juste la veille au soir, la pendule s'est arrêtée. Elle n'a jamais plus remarché, depuis. Les signes, moi, j'y crois dur comme fer.

– Moi aussi.

Janine lui tendit une tartine beurrée. Damien mangea pensivement.

– Et il est mort, le mari de Grand-mère ? demanda-t-il.

– Autant que je sache, il est mort, y a au moins trente ans ! Il avait attrapé une saloperie… La grippe, la méningite… enfin un microbe.

C'était bien décevant. Pour Damien, Théo n'avait pu mourir que d'amour. Madame ne rentra que tard dans l'après-midi. On fit venir le médecin pour Grand-mère qui se contenta de la trouver fatiguée. Madame n'avait pas l'air de s'inquiéter beaucoup pour sa mère. Damien réalisa brusquement que Madame n'avait, pour ainsi dire, pas connu son père. Si Théo avait vécu, Elle aurait sûrement été différente. Sa mère ne lui avait montré que sa méchanceté. Drôle d'éducation ! Que pouvait-on espérer d'autre d'une criminelle ? Une idée dérangeante s'insinua dans l'esprit de Damien.

Madame était en train de lui apprendre ce qu'elle-même avait appris : la haine. Il allait finir par devenir comme elle.

C'était une idée insupportable.

*
* *

L'odeur de jasmin était réapparue dans le grenier. C'était comme un rappel à l'ordre. Non, il n'était pas coupable. Il ne faisait que se défendre. Néanmoins, Damien songeait à adopter une autre stratégie. Il allait oublier la magie noire pour le moment. Après tout, il n'avait qu'à attendre le retour de son père. Les marques sur ses poignets, le témoignage d'Armand, c'était bien suffisant comme preuve. On ne pourrait pas le traiter de menteur, cette fois. Il se demandait ce que son père déciderait de faire. Est-ce qu'il allait divorcer? On allait l'envoyer en pension et puis c'est tout. Madame imaginerait des tas de bonnes raisons pour l'avoir traité de la sorte. Et il ne fait que des bêtises, et il se conduit mal avec Lorraine, et il refuse d'obéir... Mon chéri par-ci, mon amour par-là... Elle prendrait une mine contrite en avouant avoir perdu les pédales... mais comme elle était désolée de s'être laissé emporter par la colère!

Score final: Madame, un, Damien, zéro. Pourtant, Damien ne désirait plus recourir à la magie. C'était à cause des grands arbres. Cela ne paraissait pas juste qu'ils aient payé la note.

*
* *

L'heure du dîner sonna. Sur le gong, comme toujours.

Damien arriva le dernier à table. Madame ne dit rien.

Lorraine était en vacances. Il allait falloir les supporter, elle et ses leçons de piano ! Car Madame avait prévenu. Étant donné ses mauvais résultats, Lorraine était condamnée à faire des gammes de dix heures à midi, tous les jours. L'estomac de Damien ne faisait plus de nœuds. La nourriture passait facilement. Il se sentit tellement bien tout d'un coup qu'il prit son verre d'eau sans prêter attention à son geste. Sa main heurta la carafe qui se renversa, heureusement, sans casse. La bouche de Madame amorça un mouvement vers le bas. Mais elle se contrôla aussitôt.

– Va donc chercher l'éponge dans la cuisine, petit maladroit ! Il y a de l'eau partout ! Dépêche-toi, ça va couler sur le parquet !

Damien se leva précipitamment. Il fallait repasser par le couloir pour atteindre la cuisine. La voix de Grand-mère s'éleva, violente comme jamais.

– Si c'est toi, Lili-Catherine, tu peux repartir tout de suite !

C'était la première fois de la journée que Grand-mère réagissait. Damien était habitué mais il s'arrêta dans le couloir. Il y avait quelque chose de terrible dans le son de sa voix. Quelque chose qu'il n'avait jamais entendu auparavant. De la peur. Le cœur de Damien s'emballa. L'odeur de jasmin… L'odeur de jasmin flottait dans le couloir ! Il tourna sur lui-même, inspectant chaque recoin. Il sentait qu'il y avait bien plus que juste ce parfum. Il n'osait pas entrer dans la chambre de Grand-mère. Un bruit. Un bruit étrange comme de la craie crissant sur le tableau noir. Cela venait du vestibule.

– Madame !

Damien était cloué sur place. Il appela Madame une nouvelle fois. Elle sortit dans le couloir, l'air fâché.

– Qu'est-ce que tu fabriques ?

– Madame, j'ai entendu quelque chose, là, dans le vestibule…

– Quoi ?

– Je ne sais pas…

Madame lut la panique sur le visage de Damien. Elle hésita une seconde puis se dirigea vers l'entrée. Damien lui emboîta le pas. Malgré ce qu'il pensait d'elle, c'était quand même une grande personne et il était rassuré.

– Eh bien, tu vois qu'il n'y a rien, sot! Qu'est-ce que tu croyais? Qu'il y avait un voleur? Et pendant que Monsieur rêvasse, l'eau coule sur mon par…

Madame ne finit pas son mot. Son regard venait de se poser sur le miroir en pied qui trônait dans le vestibule. Il était fendu en deux, dans le sens de la longueur. Et pendant qu'ils le contemplaient en silence, des centaines de fissures apparurent, éclatant le miroir de toutes parts. Madame saisit Damien par l'épaule et le secoua.

– C'est toi, hein? C'est toi qui l'as cassé!

– J'étais dans le couloir! gémit Damien.

– C'est ce que tu voudrais me faire croire, sale petite teigne! «Madame, il y a quelque chose dans le vestibule ! » Comme si j'allais avaler une pareille sottise !

– Je vous le jure, je vous le jure !

La main de Madame faisait mal.

– Il n'y a rien à faire, hein ? Il faut que tu mentes ! Là, tu l'as bien cherchée, ta punition !

Madame tira Damien vers la porte de la cave. Elle ne l'y avait jamais enfermé le soir. La cave était glaciale.

– Et descends jusqu'en bas !

Damien obtempéra en pleurant. Madame dévissa l'ampoule et claqua la porte.

– Mon miroir ! Mon miroir dix-huitième !

Le noir. Le froid. Les rats. L'horreur. La haine.

*
* *

À force de fatigue, Damien avait réussi à s'endormir, pelotonné sur lui-même. Dans la matinée, Madame lui ouvrit la porte et n'attendit pas qu'il remonte. Ça tombait bien, Damien n'avait pas l'intention de lui parler. Et surtout pas de lui faire des excuses. Madame emmenait Lorraine à la ville pour voir les décorations de Noël. Évidemment qu'il n'était pas invité. Damien était inquiet pour Grand-mère. Dès qu'il fut seul, il alla jusqu'à la chambre et entra doucement. Grand-mère était dans son fauteuil, le regard dans le vide. Elle ne prononça pas un mot. Damien inspecta la pièce à la recherche de quelque chose qui serait différent. Il renifla, en partie parce qu'il était enrhumé. L'odeur de jasmin était absente et tout paraissait normal. Sauf que Grand-mère ne disait rien. Il ne comprenait pas pourquoi il s'en faisait pour elle. Il ne l'aimait pas, elle avait tué Lili-Catherine. Il avait pitié, quand même. Elle avait l'air bien inoffensive, cette pauvre vieille folle. Mais elle n'avait pas toujours été comme ça, pas du temps où elle s'appelait Françoise. Damien repartit. Dans le vestibule, le miroir n'était plus qu'un cadre. On avait enlevé tous les débris. Là, il fallait bien avouer que Lili-Catherine avait commis une bourde.

C'était vrai que Madame tenait beaucoup à son miroir en pied.

Seulement, il n'aurait jamais dû être puni. Manque de chance, sans doute. S'il n'avait pas renversé la carafe, il ne se serait pas trouvé dans le couloir. Il n'aurait pas été accusé. Lili-Catherine ne pouvait peut-être pas tout prévoir.

*

* *

Madame conduisait nerveusement. Lorraine n'était pas à la fête. On aurait dit que c'était une corvée pour Madame d'aller voir les vitrines de Noël. Mais elle l'avait promis car Lorraine avait eu dix à son contrôle de français. En fait, la petite fille se serait volontiers passée de la promenade. Le seul point positif, c'était qu'elle avait échappé à ses gammes de piano.

– Qu'est-ce que c'est que ce parfum que tu t'es mis ? demanda Madame, brusquement.

– Moi ? Mais rien ! C'est juste le savon...

– Ça empeste ! Je vais changer de marque.

Lorraine sentit ses mains.

– C'est pas moi, dit-elle.

Madame haussa les épaules, n'en croyant rien. Lorraine n'insista pas. Elle n'aurait jamais raison avec sa mère. Au carrefour de la nationale, Madame jeta un œil dans son rétroviseur. Elle donna un coup de frein et se retourna.

– Qu'est-ce qui se passe? demanda Lorraine, surprise.

– Je... Non, rien... J'ai eu l'impression de voir quelque chose... Un faux reflet dans le rétroviseur, probablement.

Madame s'engagea sur la nationale et accéléra. Lorraine détestait la vitesse. Le volant avait de curieux à-coups, comme s'il voulait résister. Madame força dans le tournant, reprenant le contrôle. Elle était sur le point de dire qu'elle devrait faire régler sa voiture lorsqu'elle aborda le tournant suivant. Le volant se bloqua. Madame poussa un cri.

La voiture continua tout droit et versa dans le fossé. Sous le choc, les deux passagères avaient perdu connaissance. Le pare-brise était éclaté en petits morceaux, comme le miroir en pied. Madame gémit et remua légèrement.

Elle appela sa fille d'une voix faible. Lorraine était inerte. Tout son bras avait traversé la vitre et le sang coulait abondamment sur la carrosserie. L'odeur de jasmin s'évanouit.

Je tremble. Je ne peux pas m'empêcher de trembler. Janine est dans tous ses états. Madame a eu un accident. Elle n'a rien, c'est Lorraine... Je ne comprends pas, c'est une erreur. La magie va tout de travers. Je n'ai jamais voulu de mal à Lorraine, moi... J'entends le téléphone sonner. Janine répond. J'écoute.

C'est Madame. Janine raccroche, elle me regarde.

– Le docteur a dit que Lorraine n'avait pas le bras cassé. Mais la pauvre, elle a une plaie ouverte jusqu'à l'os. Elles devraient rentrer ce soir.

Je monte dans le grenier. Il faut que je parle à Lili-Catherine. Elle se trompe, c'est Madame qu'il faut punir.

Comment faire pour expliquer les choses à une personne qu'on ne peut pas voir? Je vais prendre les fleurs séchées, je vais leur dire à elles. C'est comme Internet, les fleurs séchées. Je m'en sers pour communiquer.

Chapitre 6
DÉCOUVERTES

Lorraine était couchée dans son lit. Elle dormait, droguée par les calmants. Elle était toute pâle. Madame n'avait pas voulu que Damien l'approche. Elle était dans le bureau pour appeler son mari. Damien s'était faufilé dans le couloir pour écouter. Grand-mère restait muette. Le ton montait au téléphone. Madame était en colère, tout d'un coup.

– Quoi ? Tes séminaires ! Je te parle de ma fille qui a failli mourir et tu me parles de tes séminaires aux Antilles ! Oh oui, c'est bien joli de passer les fêtes de Noël au soleil ! Et comment tu crois que je vais faire, hein ? Il n'est pas question de prendre l'avion !

Damien retint son souffle. Mais de quoi s'agissait-il ?

– Tu ne peux pas me faire ça ! hurlait Madame. Tu m'avais promis de rentrer ! Je m'en fous de tes obligations professionnelles !

Elle raccrocha avec tellement de rage que le téléphone tomba sur le sol avec fracas. Damien fila à toute vitesse se cacher dans la salle à manger. Madame avait besoin de laisser éclater toute sa fureur, aussi retrouva-t-elle Janine dans la cuisine.

– Ça, c'est le comble ! Mon cher mari avait prévu de nous emmener aux Antilles ! C'était une surprise, paraît-il ! Et vous savez quoi, Janine ? Il va y aller tout seul ! Parce que, bien évidemment, ces idioties de séminaires sont plus importantes que la vie de ma fille ! Et il a eu le culot de me demander si Lorraine était en état de voyager !

Damien s'appuya contre le mur, les poings serrés. Son père ne rentrerait pas à Noël. Une nouvelle fois, son père l'abandonnait. Les larmes mouillèrent ses yeux. Il n'avait plus de mère, il n'avait pas de père. Il n'y avait que Lili-Catherine qui tenait ses promesses. À cet instant, Damien ne pensait pas à Armand. Il n'avait que le désespoir dans le cœur. Et le désespoir le ramena peu à peu à la haine.

*
* *

Le ciel avait l'insolence d'être bleu. Damien était sorti, ne pouvant plus supporter l'atmosphère de la maison. Madame était au chevet de Lorraine. Il pouvait vraiment faire tout ce qu'il désirait, personne ne lui prêterait attention. Alors, il songea au cimetière. Il y avait une bonne vingtaine de minutes à pied entre la maison et le cimetière.

Mais c'était l'occasion ou jamais. Il se décida. La route était peu fréquentée. Damien ne connaissait pas beaucoup la région. Il savait quand même où était le cimetière. Cela risquait d'être fastidieux de chercher la tombe de Lili-

Catherine. D'autant qu'il n'était pas sûr du tout qu'elle y soit enterrée. En revanche, il avait une chance de trouver celle de Théophile. Au printemps, le cimetière était un joli endroit fleuri. En cette saison, il était plutôt sinistre avec ses arbres nus et noirs et il n'y avait personne. Il n'était pas très grand.

Néanmoins, vérifier toutes les tombes, rangée par rangée, prenait du temps. Damien découvrit presque tout de suite celle de Théophile. Janine avait raison : Théo était mort en 1961. Sept ans de mariage avec Françoise. Sept ans de malheur. Il y avait d'autres Chassart et plein de Jabier, le nom de Grand-mère. Les tombes Chassart et Jabier occupaient les plus belles places. Elles étaient imposantes, pas toujours du meilleur goût mais riches. On devinait que les deux familles avaient régné sur le pays. Le mariage entre Françoise et Théo avait dû être arrangé, une alliance entre les puissants. Lili-Catherine n'aurait jamais été acceptée. Damien longeait la bordure du cimetière, un coin où les tombes étaient plus simples, certaines sans dalle. Il lisait les noms en enfilade, sans s'y attarder. S'il ne trouvait pas rapidement, il allait devoir remettre à une autre fois. Il s'arrêta. Cet arbuste maigrichon, là-bas... Cela ressemblait à un... À un jasmin. Damien alla droit sur lui.

Il y avait une tombe à ses pieds, une tombe avec quatre noms.

Jacqueline Tallien, épouse Bécherel. Henri Bécherel. Simone Bécherel, morte à la naissance. Liliane-Catherine Bécherel. Damien cligna des yeux. Liliane-Catherine. 1931-1982. Théo s'était marié en 1954, comment était-il possible que Lili-Catherine soit morte vingt-huit ans plus tard? Ça ne collait pas du tout. Ou alors, ce n'était pas la même. Liliane, Lili...

C'était pareil. Damien avait une énigme à résoudre, maintenant. Qui pourrait l'y aider? Il y avait peut-être encore des Bécherel dans le pays. Ou des Tallien. Il suffisait de regarder dans l'annuaire. Et après, il pourrait mener une enquête. Damien, détective. C'était excitant et en même temps très perturbant. Si Liliane-Catherine était bien celle qu'il croyait, Françoise ne l'avait pas assassinée pour épouser Théo. Il s'était trompé. Grand-mère était innocente.

Finalement, il n'avait peut-être pas envie de savoir la vérité. Il préférait sa version de l'histoire, avec d'un côté les gentils et de l'autre les méchants. Mais rien n'est jamais aussi simple, dans la vie.

*
* *

Dîner face à face avec Madame était une corvée dont Damien se serait bien passé. Madame se comportait curieusement. Elle qui interdisait la conversation à table semblait avoir besoin de parler. Pour être juste, sa conversation tenait surtout du monologue.

– C'est incompréhensible... Je le sais bien que mon volant s'est bloqué ! Ces imbéciles de garagistes ! Me dire, à moi, que tout était en état de marche ! Et ces flics ! Me faire souffler dans l'Alcootest ! Est-ce que j'ai l'air de quelqu'un qui boit ? Tous des abrutis !

Damien acquiesçait, inutilement d'ailleurs, car Madame ne lui prêtait pas la moindre attention.

– Il s'est bloqué deux fois. Je ne suis pas encore folle, que je sache !

Madame s'interrompit, repartant dans le souvenir de cette journée cauchemardesque. Non, elle n'était pas folle. Mais il y avait eu cette chose étrange... Ce reflet dans le rétroviseur. Cette ombre pâle comme... comme s'il y avait eu quelqu'un assis à l'arrière. Elle s'était retournée et il n'y avait personne, évidemment. Et ce parfum insupportable... qui lui rappelait bien quelque chose, mais quoi ? Elle secoua la tête pour chasser ces pensées.

– Et ton père part aux Antilles ! dit-elle brusquement.

Damien s'appliqua à avoir l'air surpris.

– Il ne rentre pas à la maison ?

– Non ! Ces séminaires à la noix ! Et tu crois qu'il annulerait pour Lorraine ? Rien du tout ! Il s'en moque !

Damien la laissa ruminer un moment puis il osa prendre la parole.

– Est-ce que je pourrais tenir compagnie à Lorraine, demain ?

Madame le regarda et ne répondit pas tout de suite. Damien regretta d'avoir parlé. Elle allait sûrement se mettre en colère.

– Eh bien... oui. C'est gentil de ta part.

Damien n'en revenait pas. Madame semblait presque contente. L'accident avait vraiment dû la retourner pour qu'elle se comporte ainsi ! Ayant eu l'autorisation de quitter la table, Damien remonta dans son grenier. La porte était de plus en plus difficile à ouvrir. Damien dut s'y appuyer pour pousser plus fort. Il brancha son petit chauffage. Obstinément, il tournait le dos aux planches déboîtées. Il songea à détruire la poupée de cire. Mais en faisant cela, ne risquait-il pas de provoquer pire encore ? Il pourrait, au moins, enlever le clou et les épingles. Il ne bougea pas. Il prit un livre et le paquet de biscuits sous son matelas. Ne plus penser, ne plus penser à tout ça... Damien s'endormit en lisant, sa lampe de chevet allumée.

L'ampoule grésilla, s'éteignit et se ralluma, rougeâtre. Le grenier se teinta de rouge. La planche qui cachait le cœur se délogea et tomba. Damien grogna dans son sommeil mais ne se réveilla pas au bruit.

– Daaamien...

Cette fois, Damien ouvrit les yeux, les frotta puis essaya de se rendormir.

– Daaaamien...

Une voix douce et traînante prononçait son nom dans ses rêves. C'était agréable, presque tendre. Damien sourit.

– Damien !

La voix claqua comme un coup de fouet et Damien se redressa d'un bond.

– Quoi ? Qui est là ?

Il regarda tout autour de lui. La lampe rouge, le grenier rouge. La planche sur le sol. Et l'odeur de jasmin tellement forte qu'il en suffoquait.

– Lili-Catherine ? Il faut... Il ne faut pas... Il ne faut pas faire de mal à Lorraine ! Ça va maintenant, Madame est assez punie comme ça ! Tu m'entends ? Je voudrais que tu t'arrêtes... Et merci pour ton aide mais je voudrais que tu t'arrêtes...

Il promenait ses yeux partout, espérant un signe qui prouverait que Lili-Catherine avait compris. La planche sur le sol. Damien se leva et alla jusqu'au mur. Avec le peu de lumière qu'il y avait, c'était difficile de voir quoi que ce soit. Il s'agenouilla et, du doigt, toucha le cœur, Théo, Lili-Catherine. Et... Sa gorge se serra. Il y avait autre chose. Au centre même du cœur. Brusquement, l'ampoule reprit sa luminosité normale.

Damien poussa un petit cri de surprise. Il y avait assez de lumière à présent pour qu'il puisse lire les inscriptions sur le mur. Au centre du cœur, gravé profondément, il lut son propre nom. C'était lui, désormais, qui était lié à Lili-Catherine par un serment solennel. Pour la vie. Pour la mort.

*
* *

Damien avait très mal dormi. Il était heureux que le matin soit enfin là. Il descendit à la cuisine où Janine s'affairait déjà.

– T'es debout à cette heure? dit-elle. C'est les vacances, tu peux faire la grasse matinée, non?

– J'étais réveillé. Et il fait froid, là-haut.

Damien s'assit pour prendre son petit déjeuner. Son regard s'échappa par la fenêtre et s'arrêta sur le tas de bois. Les grands arbres foudroyés.

– Est-ce qu'Armand ne devait pas ranger le bois? demanda Damien.

– Ah oui mais il ne viendra pas pendant quelques jours. Il donne un coup de main aux jardiniers du château des Courtines.

Armand l'abandonnait à son tour. Damien soupira.

– C'est où, ça?

– Oh... À une cinquantaine de kilomètres...

– Mais toi, tu restes, hein?

La bouilloire siffla et Janine lui servit son thé.

– Ben, mon lapin, répondit-elle, j'ai mes trois jours à Noël. Je les ai quand même bien mérités!

Et voilà... Il allait se retrouver seul. Janine ne lui était pas souvent d'un grand secours mais c'était mieux que rien. Il essaya de se réconforter en pensant qu'il pourrait jouer aux cartes avec Lorraine. Du moins, si Madame n'avait pas changé d'avis! Il regarda à nouveau par la fenêtre. Il pourrait peut-être transporter le bois dans la remise. Cela lui donnerait une bonne raison pour être dehors. Madame ne pourrait pas lui reprocher de se rendre utile. Il finit son thé et sa bouillie de céréales. Il allait monter voir si Lorraine était réveillée. En passant dans le vestibule, il aperçut le téléphone. Au fait, il devait chercher dans l'annuaire... Il prit le bottin. Tallien. Aucun dans la région. Bécherel... Un nom. Damien fixait la page, ne croyant pas ce qu'il lisait. Béchcrel, Armand.

Armand, fils de Lili-Catherine. J'arrive pas à m'y faire.

Il m'a dit que sa mère l'avait abandonné à la naissance.

Pourquoi aurait-elle fait une chose pareille ? Je suis sûr qu'on l'a obligée. Une fille mère, il y a quarante ans, c'était mal vu. Surtout dans un village. Et si... et si Armand était le fils de Théo ? C'était une bonne raison pour la faire partir, ça. Mais alors, dans ce cas... Armand serait le frère de Elle ! Ils devaient l'ignorer, l'un et l'autre.

Elle ne pouvait pas savoir que son jardinier était le fils de cette Lili-Catherine dont parlait Grand-mère ! Aucune chance d'obtenir des explications de la pauvre vieille folle. Et, à part Grand-mère, qui est au courant ? Mais au fait... Armand a été élevé par sa tante. Si son père était inconnu, sa tante est for-

cément une sœur de Lili-Catherine. Et si elle n'est pas dans le bottin sous le nom de Bécherel, c'est qu'elle porte celui de son mari ! Comment la retrouver ? Armand est absent. Mais peut-être qu'à son adresse, il y a quelqu'un qui peut me renseigner. Il faut que j'aille au village. Il faut que je comprenne.

Chapitre 7
GRAND-MÈRE

Damien n'aimait pas voir Lorraine ainsi. Son visage était pâle, sillonné de coupures. Elle semblait toute petite, toute fragile au fond de son lit. Elle n'avait même pas envie de jouer.

– Ça fait mal ? demanda Damien.

– Pas trop. On me donne des tas de calmants. Ça m'endort. J'ai horreur de ça.

– Il y a un bon côté quand même, remarqua Damien. Pas de piano pour un bon bout de temps !

Lorraine esquissa un sourire avec peine.

– C'est de ma faute si on ne part pas aux Antilles, dit-elle.

– Mais non ! C'est… un accident.

Damien se sentit rougir. Il savait bien que ce n'était pas un accident. Et s'il y avait un responsable, c'était lui.

– Je suis désolé, murmura-t-il honteusement.

– J'espère que je pourrai me lever bientôt… Mais avec tous ces médicaments, je ne tiens pas sur mes jambes.

Damien était sur le point de tout lui avouer. Elle ne le croirait sûrement pas. Et il pouvait difficilement lui expliquer qu'il avait voulu la mort de sa mère ! Il ne le voulait plus, mais n'était-il pas trop tard ? Il ne parvenait pas à effacer de sa mémoire l'image du cœur gravé. Son nom lié à celui de Lili-Catherine. Qu'est-ce qu'elle voulait lui dire ? Que plus rien, désormais, ne pouvait les séparer, elle et lui ? Lili-Catherine était morte ! Il l'avait fait revenir. Un fantôme. Damien n'avait jamais pensé à Lili-Catherine en ces termes. Un spectre. Une revenante du monde des morts. Maintenant, il avait peur. Sa marraine la bonne fée… Il avait hérité d'un monstre !

– Qu'est-ce que tu as? demanda Lorraine.

– Je... Rien... Excuse-moi. Tu veux faire quelque chose?

– Non. J'ai pas le courage.

– Et si je te lisais une histoire?

– Ça, je veux bien. J'ai commencé *Les Malheurs de Sophie.*

Plutôt les malheurs de Lorraine...

Damien chercha le livre dans la bibliothèque. Lorraine s'endormit pendant la lecture.

Damien resta encore un peu puis se décida à sortir. Madame était au téléphone avec le garagiste. Apparemment, les choses ne se passaient pas bien. Madame voulait une autre voiture mais il n'y en avait pas de disponible avant les fêtes. Il faudrait attendre. Ils étaient isolés sans véhicule. Janine pointa son nez hors de la cuisine.

– J'ai fait les courses pour vous, dit-elle à Damien. Vous pourrez tenir jusqu'à ce que je revienne. Je vous prépare les plats à l'avance. Vous n'aurez qu'à les réchauffer. Ce qui est embêtant, c'est que Madame veut son pain de la première fraîcheur… J'ai bien suggéré de le congeler mais…

– Comment on va faire sans voiture ? demanda Damien.

– Ça, mon lapin…

Madame apparut sur le seuil du bureau. Elle avait entendu.

– Eh bien, il faudra quelqu'un pour aller acheter le pain ! dit-elle d'un ton rude.

Damien réfléchit : un aller-retour pour la boulangerie… au moins trois quarts d'heure ! Mais c'était l'occasion rêvée. Il pourrait partir à la recherche de la tante d'Armand sans éveiller les soupçons ! Janine ne suivait pas le même cheminement de pensée. Elle voyait arriver le moment où Madame allait lui demander de lui apporter le pain pendant ses jours de congé. Elle ne savait pas comment lui dire non.

– Je veux bien y aller, moi, proposa Damien.

Janine poussa un soupir de soulagement. Madame regarda Damien.

– Ah bon, répondit-elle. Dans ce cas, on va pouvoir se débrouiller.

– Est-ce que je peux ranger le bois dans la remise ?

Madame était un peu surprise de la soudaine serviabilité de Damien. Elle ne pouvait pas le critiquer. En même temps, elle était exaspérée de ne pouvoir se défouler sur lui.

– D'accord, dit-elle. Mais ne va pas salir tes vêtements !

– Merci, Madame.

Damien repartit dans le couloir. Ouf... Un peu d'air frais, un peu de tranquillité. Grand-mère resta muette à son passage.

*
* *

Damien rentra presque tout le bois sous la remise, à l'exception des très grosses bûches. Il surveillait la maison, les volets à moitié fermés de la chambre de Grand-mère, la fenêtre de Lorraine. Tout paraissait calme mais Damien était inquiet. Il s'assit sur le banc de pierre près du pêcher de Lorraine. Il posa la main sur son tronc frêle.

L'arbre semblait aussi fragile que la petite fille au fond de son lit. Ses doigts se crispèrent soudain sur l'écorce. Quelqu'un le regardait de la lucarne du grenier. Damien pâlit. Il plissa les yeux, essayant de mieux voir. La maison était haute et la lucarne était dans l'ombre du toit.

Pourtant, une silhouette se détachait nettement derrière le carreau. Janine était dans la cuisine, Lorraine dans son lit et Madame n'était sûrement pas montée dans le grenier. Une femme avec une robe blanche. Et elle le regardait. Et brusquement, l'apparition s'évanouit. Elle était là. Elle était vraiment là.

*
* *

Damien traîna dehors jusqu'à l'heure du dîner. Il appréhendait le moment où il faudrait qu'il remonte dans le grenier. Et s'il se retrouvait face à face avec Lili-Catherine ? Ou plutôt avec son fantôme. Janine était partie. Elle ne reviendrait que dans trois jours. Damien apercevait Madame par la fenêtre de la cuisine.

Elle s'y affairait, sans doute pour préparer le dîner. Il pensa que ce serait une bonne chose s'il se proposait de l'aider. Il entra dans la maison. En passant devant la chambre de Grand-mère, il marqua un temps d'arrêt. Non, rien... Madame pestait contre le micro-ondes. Elle se retourna à son entrée.

– Comment est-ce que ça marche, cet imbécile d'engin ?

Damien mit le minuteur en route et enclencha. Le regard de Madame descendit le long du pantalon de Damien.

– Tu as troué ton pantalon !

– Mais non, c'est un vieux que j'ai mis exprès !

– Je t'avais dit de faire attention à tes affaires ! Évidemment, tu ne m'as pas écoutée ! Et en plus, tu me mens ! C'est une habitude, hein ? Y a rien à faire !

– Je vous jure, Madame, qu'il était troué avant ! gémit Damien.

La main de Madame partit et le gifla avec force.

– Il va falloir que tu apprennes à ne plus mentir !

Damien se frotta la joue, au bord des larmes. À quoi bon essayer de se défendre ? Cela ne lui attirait que des ennuis supplémentaires.

– Je m'excuse, Madame…

Madame n'avait pas envie d'entendre ses excuses. Elle en voulait à Janine d'être en congé, elle en voulait à son mari d'être absent, elle en voulait au micro-ondes… Elle était contrainte de s'occuper et de sa mère et de sa fille, comme une vulgaire servante. Damien allait payer pour tout ça. Elle l'attrapa par les cheveux et tira jusqu'à ce qu'il hurle.

– Rien à faire, hein ? Il faut que tu mentes !

Elle le traîna vers une chaise et l'assit violemment dessus. Elle arracha une poignée entière des cheveux de Damien prise dans sa bague de fiançailles. Elle prit ce qui lui tomba sous la main, une cuillère en bois. Elle s'en servit pour lui taper sur la tête. Damien essaya de se protéger avec les mains. La cuillère s'abattit sur ses phalanges. Une fois, deux fois, trois fois...

– Arrêtez, Madame ! Arrêtez ! supplia Damien.

– Enlève tes mains !

Damien obéit. Que pouvait-il faire d'autre ? Elle continua de le frapper sur la tête.

– Qu'est-ce qu'il faut que je fasse, hein, pour que tu ne mentes plus ?

– La cave... répondit Damien.

– Tu aimes ça, la cave, hein ? Il va falloir que je trouve autre chose, on dirait !

Madame n'avait pas d'idée dans l'immédiat. Aussi saisit-elle Damien par le bras pour l'emmener dans la cave.

– En attendant une vraie punition, tu vas rester là cette nuit !

Elle le poussa, dévissa l'ampoule et l'enferma.

« En attendant une vraie punition... » Qu'allait-elle inventer pour le torturer ? Damien se frotta doucement la tête. Il avait mal. Par habitude, il descendit les marches.

Cela lui était égal d'être dans la cave. Et même, cela lui évitait de remonter au grenier. Un rat le frôla. Il frissonna. Les rats s'enhardissaient. Peut-être qu'à force de l'avoir comme compagnie, ils l'avaient adopté. Il avait faim quand il était entré dans la maison. Maintenant, il avait une boule dans l'estomac et une forte envie de vomir.

– Je la hais, je la hais...

Il répéta ces trois mots comme une litanie. À la longue, l'envie de vomir passa.

*
* *

Madame s'était occupée de Lorraine et elle devait à présent nourrir sa mère. Comme un bébé. D'ailleurs, elle était aussi capricieuse qu'un bébé. Et aussi sale. Elle refusait la nourriture, détournant la tête. Madame en mettait la moitié à côté. Comment donc faisait Janine ? Madame était dégoûtée.

Elle n'avait aucun sentiment d'amour pour sa mère, même pas de la pitié. Le seul souvenir plaisant qu'elle gardait de son enfance, c'était sa nurse. Sa mère... Une belle jeune femme en robe du soir qui l'embrassait distraitement avant de sortir dîner. C'était l'image qui lui restait de sa jeunesse. Et encore... Passé ses dix ans, sa mère ne l'avait plus embrassée.

Elle devrait la mettre dans un hospice. Mais ce n'était pas le genre de choses qu'on faisait dans sa famille. On se devait d'assumer ses vieux. Et ses fous. Cela faisait presque vingt ans que sa mère était dans cet état. C'était arrivé d'un seul coup. Personne n'avait d'explications. Madame était terrifiée à l'idée qu'elle pourrait subir le même sort. Mais il n'y avait pas d'autres cas de gâtisme prématuré dans ses ancêtres. Ce n'était peut-être pas héréditaire.

Elle renonça à nourrir la vieille femme. Elle était écœurée. Elle retourna dans la cuisine, balança le plateau dans l'évier. Elle n'allait pas s'abaisser à ranger la vaisselle dans la machine. Elle se lava les mains, remit en place une mèche qui la gênait. Elle poussa un cri. La mèche s'était détachée. Effarée, elle contempla ses cheveux restés dans sa main. Elle fila dans la salle de bains. Face au miroir, elle passa le peigne dans sa chevelure. Plusieurs poignées de ses cheveux tombèrent. C'était incompréhensible.

Elle était figée devant le miroir à regarder ses cheveux dans le lavabo. C'était nerveux, voilà. C'était la faute de ce sale gosse qui la mettait hors d'elle. Il ne perdait rien pour attendre, celui-là. Elle lui ferait faire la vaisselle et puis, oui… elle lui ferait lessiver tout le rez-de-chaussée. Et après, elle l'obligerait à rester à genoux sur le manche du balai jusqu'à ce qu'il s'effondre. Madame alla se coucher en oubliant de mettre sa mère au lit.

*
* *

La lampe de chevet rougeoya. Les vieilles photos prirent une teinte sépia. Les dentelles jaunies virèrent au rouge comme si on les avait trempées dans du sang. Grand-mère remua dans son fauteuil.

– Si c'est toi, Lili-Catherine, tu peux repartir tout de suite !

L'odeur de jasmin la fit tousser.

– Oui, c'est moi...

Grand-mère agrippa les bras de son fauteuil.

– Si c'est toi, Lili...

Grand-mère s'étouffa dans une quinte de toux. Elle porta les mains à sa gorge et serra. Elle s'étranglait elle-même.

– Lâche-moi ! souffla-t-elle.

Elle resserra son étreinte. Elle écarquilla ses yeux aveugles. Elle voyait... Elle voyait Lili-Catherine dans sa robe blanche, cette robe qui rendait fous tous les hommes du village. Elle voyait ce sourire charmeur qui en avait séduit tant. Elle voyait ce visage à l'ovale parfait, encadré de ces boucles brunes que toutes les filles lui enviaient. Elle voyait ces yeux noirs en amande qui vous clouaient sur place et qu'on ne pouvait s'empêcher de regarder. Le sourire s'ouvrit sur les dents bien alignées. Il se transforma en rictus, déformant le beau visage, le rendant laid et effrayant. La haine, Françoise, la haine... Grand-mère serra sa propre gorge jusqu'à ce que l'air ne passe plus.

Il y a quelque chose de bizarre. J'entends tout un remue-ménage au-dessus de ma tête. J'ai l'impression qu'il y a plein de monde qui piétine là-haut. Un moment, j'ai eu le fol espoir que c'était mon père qui était revenu. Mais Madame ne m'aurait pas laissé ici. Malgré l'interdiction, je suis remonté. J'écoute derrière la porte. Il y a des voix, des inconnus qui parlent doucement. Je n'arrive pas à comprendre ce qu'ils disent. J'ai peur pour Lorraine. Et puis, j'ai peur qu'on m'oublie dans la cave.

Chapitre 8
LA TANTE D'ARMAND

Madame s'était levée en ayant vaguement le sentiment d'avoir mal dormi. Elle se rendit auprès de sa fille qu'elle trouva calme et reposée. Puis elle décida de prendre son petit déjeuner. En passant dans le couloir, Madame se souvint de deux choses: la première était qu'elle n'avait pas couché sa mère, la deuxième qu'elle perdait ses cheveux. Elle entra dans la chambre de Grand-mère. Oui, elle était toujours dans le fauteuil. La lampe de chevet était éteinte et le jour filtrait péniblement entre les volets. Madame ne distinguait pas clairement les choses.

Mais la silhouette dans le fauteuil avait une

attitude inhabituelle. Madame s'approcha. Grand-mère avait les deux mains à la gorge. Madame s'arrêta. Elle était suffisamment près pour voir les yeux exorbités. Elle repartit immédiatement téléphoner au médecin. Et depuis, c'était le défilé.

Le médecin d'abord, qui n'en finissait plus de répéter qu'il n'avait jamais vu ça de toute sa carrière. Pensez donc ! La vieille dame s'était étranglée de ses propres mains ! Eh non, il n'avait jamais vu ça...

Et maintenant, les employés des pompes funèbres qui installaient la chambre pour la veillée. Ils avaient eu beaucoup de mal à desserrer l'étreinte des mains de Grand-mère. Ils s'efforçaient de lui donner une apparence un peu plus sereine. Ce qui n'était guère facile avec ce visage tordu et ses yeux qui refusaient de se fermer.

Et voilà, les voisins, le curé, les cousins, les commères du village... Madame les regardait de toute la hauteur de son mépris. Par tradition, on se devait de veiller le corps trois jours. L'idée que tous ces gens allaient rôder dans sa maison lui était insupportable. Alors, brusquement, elle renvoya tout le monde. Elle veillerait sa mère elle-même, elle n'avait besoin de personne et surtout pas de ces gens vulgaires et bavards. Son premier geste, une fois seule, fut de fermer la porte de la chambre.

Elle n'avait, en réalité, pas la moindre envie de rester là-dedans avec le cadavre d'une mère qu'elle n'avait jamais aimée.

Elle appela son mari. Il n'était pas là. Elle laissa un message : Grand-mère décédée.

Elle appela Janine. Sans succès.

Et tiens... Le gosse était toujours dans la cave. Madame sourit. Elle avait trouvé la vraie punition. Mais, pour l'heure, elle voulait son pain frais.

* * *

Quand Madame ouvrit la porte, Damien était redescendu.

Elle lui ordonna de monter, lui apprit la nouvelle et l'expédia aussitôt chez le boulanger. Grand-mère était morte. Lili-Catherine l'avait tuée. Et s'il ne rentrait jamais ? S'il faisait une fugue ? S'il rejoignait Armand au château des Courtines ? Il ne savait pas où c'était mais il pouvait demander. Mais non, il ne pouvait pas fuir... À cause de Lorraine. Il n'avait pas d'argent, même pas pour le pain, Madame ne payait qu'à la fin du mois.

Damien était affamé, il avait froid et trébuchait de fatigue à chaque pas. Deux jours avant Noël. Est-ce que Madame allait l'enfermer dans la cave, la nuit de Noël ? Elle en était bien capable. Damien connaissait l'adresse d'Armand par cœur. Ce n'était pas difficile à retenir : 16, Grand-Rue. Après tout, peut-être qu'Armand serait de retour pour les fêtes ? La route lui parut longue. Pas de voitures pour le prendre en stop. Comme il se sentait seul... Il dépassa la boulangerie et se rendit d'abord chez Armand. Celui-ci habitait une petite maison à un étage avec une porte verte et des jardinières aux fenêtres. En cette saison, il n'y avait pas de fleurs. Il sonna et sonna, s'accrochant à cette sonnette comme si sa vie en dépendait.

Pas de réponse. Il s'acharna, les larmes aux bord des yeux.

Armand... Pourquoi l'avait-il abandonné, lui aussi? Brusquement, la porte de la maison d'à côté s'ouvrit. Une dame âgée sortit, l'air fâché.

– C'est pas bientôt fini? dit-elle. Tu ne vois pas qu'y a personne?

– Si, Madame... répondit Damien. Vous ne savez pas quand Armand va revenir?

La vieille dame le regarda et sembla s'adoucir.

– Ben, ça, je sais pas trop... Avec lui! Il n'en fait qu'à sa tête! Il a toujours été comme ça...

Damien porta les mains à son blouson et le serra autour de ses côtes.

– T'es gelé, ma parole! dit la vieille dame. T'es bien pâle. T'es malade, mon petit?

– J'ai froid et j'ai faim.

Pourquoi avait-il dit ça? Quelque chose dans le visage de la vieille dame lui rappelait Armand. Il avait confiance.

– Entre là, mon garçon.

Il obéit avec gratitude. La vieille dame le conduisit dans sa cuisine et lui offrit de la chicorée au lait et des tartines.

– Vous êtes sa tante? demanda Damien.

– Oui... Et toi, tu ne serais pas le gamin de la villa Chassart?

– Si, Madame. Il vous a parlé de moi?

– Oui, en effet. Il m'a dit qu'on te traitait pas bien, là-bas. Si tu veux venir ici, tu seras toujours le bienvenu, mon garçon.

– Merci, Madame. Je... Je voulais vous connaître.

– Appelle-moi Mamie Char, tout le monde le fait. Mon nom, c'est Charlotte mais mon mari – Dieu ait son âme! – m'a toujours appelée Char. Et pourquoi tu voulais me connaître?

– Grand-mère est morte.

– Oui, je l'ai entendu dire... Madame Chassart. Il y a des siècles que je l'avais pas vue... Forcément, vu qu'elle avait plus toute sa tête.

– Je voudrais pas que vous le preniez mal... commença Damien, prudemment. Mais, Grand-mère, elle n'arrêtait pas de parler de Lili-Catherine.

À ce nom, le visage de Mamie Char se ferma.

– Et je crois que j'ai compris, continua Damien, qu'Armand était le fils de Lili-Catherine. Votre sœur.

– T'as bien compris, mon garçon. Mais je ne veux pas parler d'elle.

– C'est important pour moi, dit Damien. Je ne peux pas vous expliquer... C'est à cause de Grand-mère.

Mamie Char soupira et se frotta le front pensivement.

– Qu'est-ce que tu veux que je te dise ? Ça

n'est pas bien de médire sur le compte des morts. Je voudrais ne jamais avoir été la sœur de Liliane-Catherine.

– Mais pourquoi ?

– C'était le Mal en personne. Un démon sous l'apparence d'un ange. Tous les gars du village en étaient fous. Elle se moquait de tout le monde. Elle n'aimait que les faire souffrir.

– Alors, vous l'avez chassée !

– En voilà une idée ! Elle est partie parce qu'elle le voulait ! En me laissant le gamin ! La seule bonne chose qu'elle ait faite dans sa vie !

Damien ne voulait pas croire que Lili-Catherine avait été un monstre. Ce n'était pas possible. Il ne pouvait pas l'admettre.

– Moi, je crois que Lili-Catherine est partie parce que Théophile a épousé Grand-mère ! Et qu'elle était très malheureuse !

– Oh non, mon garçon ! Ce n'est vraiment pas comme ça que les choses se sont passées ! Théophile... Je me souviens bien de lui. Un cœur tendre. Il l'avait demandée en mariage. Elle a dit oui, Lili-Catherine, elle a dit oui… Et elle s'est jetée dans les bras d'un autre! Pauvre Théophile… S'il n'y avait pas eu Françoise Jabier pour le tirer de là, il en serait mort de chagrin! Une forte femme c'était, Grand-mère, dans le temps. Quand Lili-Catherine a compris que Théophile lui échappait, elle a bien essayé de rattraper le coup. Mais c'est sur la Jabier qu'elle est tombée! Si tu avais vu ça! Liliane-Catherine est devenue enragée! Elle les a maudits, les Jabier et les Chassart! Elle a juré qu'elle se vengerait d'eux! Elle m'a fait peur… Le jour du mariage, elle rôdait autour de la villa Chassart. Elle a proféré des menaces, ils ont dû demander à la police de l'éloigner. T'imagines le scandale ! Et après, il y en a plus d'un pour dire qu'Armand était le fils de Théophile… Mais je vais te dire, moi, je ne le crois pas. Enfin… Tout ça, c'est du passé. Et puis, elle est morte, maintenant. Elle ne peut plus faire de mal à personne.

« Elle ne peut plus faire de mal à personne… » Damien savait bien que si. Il l'avait appelée à son secours. Elle était venue. Pas pour l'aider comme il l'avait pensé. Elle était revenue pour assouvir sa vengeance. Et cette fois-ci, ce n'était pas la police qui la ferait partir !

– Tu n'as vraiment pas bonne mine, mon garçon, dit Mamie Char.

Damien se leva.

– Il faut... il faut que j'aille chercher le pain. Je suis déjà très en retard. Merci pour les tartines.

Mamie Char le laissa s'en aller à regret.

Drôle d'enfant. Il en posait de ces questions ! Il faudrait qu'elle en parle à Armand.

Mamie Char débarrassa la table. Demain, elle achèterait des pains au chocolat au cas où il repasserait par là. Il y avait fort à parier qu'il n'en mangeait pas souvent.

*

* *

Madame ne fit pas de remarque quand Damien rentra. Elle n'avait aucune idée du temps qu'il fallait pour aller au village à pied.

Cela ne lui parut pas bizarre que Damien ait mis plus d'une heure.

– Ton père ne revient même pas pour l'enterrement, annonça-t-elle. Il paraît qu'il n'y a pas de place libre sur les vols ! Je n'en crois pas un mot. De toute évidence, le mensonge, c'est de famille...

Madame critiqua ensuite la fraîcheur du pain. Puis, elle regarda Damien en silence. Il n'osait pas bouger. Il attendit.

– Je dois m'occuper de Lorraine... finit-elle par dire. Je ne peux pas tout faire dans cette maison ! Et il faut veiller le corps de Grand-mère...

Damien comprit ce qui allait suivre. Une sueur froide lui coula le long du dos. Il frissonna. Madame lui tendit une boîte d'allumettes.

– Va allumer les bougies dans la chambre.

Damien prit la boîte d'une main tremblante.

– Et interdiction d'en sortir avant que je t'en donne l'ordre ! Profite de l'occasion pour faire tes prières et demander pardon pour toutes tes fautes !

Elle le frappa dans l'épaule pour qu'il s'active. Damien entra dans la chambre obscure et resta planté sur le seuil.

– Et n'allume pas la lumière ! Les bougies seulement ! Je le saurai si tu désobéis...

Madame le poussa pour refermer la porte. Il n'y avait pas de clé sur la serrure, aussi Madame prit une chaise dans la cuisine et la coinça sous la poignée. Impossible pour Damien de s'échapper.

Damien s'adossa à la porte. Il commençait à s'habituer à l'obscurité. Il aurait préféré ne rien voir du tout. Les employés des pompes funèbres avaient disposé des chandeliers aux quatre coins du lit. Il s'attendait presque à ce que Grand-mère dise : « Si c'est toi, Lili-Catherine... ». Il fit trois pas et s'arrêta. Il avait l'impression que Grand-mère l'observait. Mais non... Ses paupières étaient closes.

Il se décida brusquement. Autant en finir

au plus vite, allumer les bougies et s'éloigner du lit. À la lumière tremblotante des cierges, le visage de Grand-mère s'anima. Bien sûr, c'était une illusion due aux ombres mouvantes. Mais c'était pénible. On n'avait pas réussi à enlever l'expression de souffrance sur le visage tordu.

Damien recula jusqu'au fauteuil. Il ne pouvait pas s'asseoir dedans, pas dans ce fauteuil où Grand-mère passait ses journées. Il choisit de s'asseoir par terre. Il pensa tourner le dos au cadavre. Mais cela aurait été encore pire. Il aurait imaginé le corps derrière lui. Et si Grand-mère se levait soudain de son lit ? Elle savait que c'était de sa faute si elle était morte. Elle voudrait le lui faire payer.

Si Lili-catherine pouvait revenir du monde des morts, pourquoi pas elle ? On avait éteint le chauffage pour éviter une décomposition trop rapide du corps. Progressivement, la température descendait dans la pièce. Est-ce que Madame allait obliger Damien à rester là les trois jours de veillée prévus? Grand-mère ne bougeait pas. Peut-être qu'elle était morte pour de bon.

*
* *

Lorrainc s'était rcndormic sous l'cffct dcs calmants.

Madame lui avait appris le décès de sa grand-mère mais Lorraine était abrutie par les médicaments et n'avait pas vraiment compris. Madame passa la main dans ses cheveux et en retira une nouvelle poignée. Elle continuait de les perdre.

Elle tendit soudain l'oreille. Il y avait un bruit... Un bruit qui venait du rez-de-chaussée. Si ce sale gosse était sorti de la chambre, ça allait lui coûter cher! Le piano... Madame quitta le chevet de Lorraine. Pas de doute, on jouait du piano! Et une marche funèbre par-dessus le marché!

Furieuse, Madame descendit l'escalier, persuadée que c'était Damien. Il ne lui vint pas à l'esprit que le garçon ne savait pas jouer. Le couloir. La chaise coincée sous la poignée. Madame cligna des yeux. La musique s'interrompit au milieu d'une mesure. Madame se précipita vers le salon et ouvrit la porte en grand. La pièce était vide et sentait le jasmin.

J'entends le piano. Madame s'est mise à jouer? Plutôt curieux... Ce n'est pas très gai comme musique. C'est de circonstance, comme on dit. Voilà la musique qui s'arrête tout d'un coup. J'entends une porte qui claque. Ce n'est pas le genre de Madame de claquer les portes sans raison. Enfin, cette fois, ce ne peut pas être à cause de moi. J'entends Madame qui s'approche. Je n'ai rien fait mais je sens que je vais prendre.

Chapitre 9
TERREUR

Madame jeta la chaise à travers le couloir et ouvrit la porte de la chambre. Damien s'était empressé de se mettre à genoux au pied du lit.

– Comment est-ce que tu as fait, hein ?

Damien se retourna vers elle.

– Mais fait quoi, Madame ?

Madame alla à grands pas jusqu'à la fenêtre fermée, écarta les rideaux.

– C'est ça, hein ? Tu es sorti par la fenêtre ?

– Pour quoi faire ? demanda Damien.

Elle rabattit les rideaux d'un geste brusque. Il apparut soudain à Damien qu'elle avait l'air d'une folle.

– Ça t'amuse, hein, de jouer des marches

funèbres sur mon piano ? Je t'ai interdit de toucher à mon piano !

La voix de Madame montait dans un registre aigu que Damien n'avait jamais entendu auparavant.

– Mais, Madame... répondit Damien calmement, je ne sais pas jouer du piano...

Madame s'immobilisa au milieu de la pièce, les yeux exorbités. Elle devint hystérique.

– Encore, encore en train de mentir ! Tu crois que tu peux m'abuser, hein ? Tu fais ton petit innocent ! Peut-être que les autres se font avoir mais pas moi ! Ah non, je te connais trop bien, sale vermine, sale rat ! Tu t'es débrouillé pour apprendre à jouer en douce, hein ? Pendant que je n'étais pas là, hein ? Tu as touché à mon piano avec tes sales pattes !

Damien s'était relevé et reculait de l'autre côté du lit.

Madame hurlait en s'avançant vers lui. Elle s'arrêta d'un coup et regarda le corps de sa mère. Elle porta les mains à son visage.

– Mais qu'est-ce qui m'arrive ?

Ses doigts glissèrent dans sa chevelure et en retirèrent des poignées de cheveux. Elle poussa un cri et se précipita hors de la chambre, laissant la porte ouverte. Damien l'entendait courir dans tout le rez-de-chaussée. Il comprit alors qu'elle verrouillait toutes les portes et les fenêtres.

Elle revint vers lui.

– Il y a quelqu'un ! dit-elle. Quelqu'un est entré dans la maison ! Viens avec moi, il faut fouiller partout ! Attends, attends ! D'abord, je vais appeler la police !

Madame alla dans le bureau, suivie de Damien. Elle fit un numéro, recommença.

– Il n'y a pas de tonalité...

Elle se tourna vers Damien, désemparée. Dehors, il s'était mis à neiger abondamment. Pas de voiture, pas de téléphone...

Et rien pour se défendre. Madame se reprit. Elle s'arma du coupe-papier et inspecta la pièce.

– La cuisine, maintenant, ordonna-t-elle.

Damien avait envie de lui dire que tout cela était vain.

Ils visitèrent le rez-de-chaussée dans tous ses recoins. Madame vérifia que la cave était toujours verrouillée. Puis, ils montèrent à l'étage. Madame était surtout préoccupée par Lorraine. Ils la trouvèrent paisiblement endormie. Il n'y avait rien ni personne à l'étage non plus, ce qui ne surprit pas Damien. Madame se calmait peu à peu.

– Un mauvais plaisant, dit-elle. Oui, c'est cela... Un imbécile qui a pensé que cela serait drôle de nous faire peur. Il a dû repartir aussitôt son forfait accompli, à parier qu'il est en train de boire une bière en racontant sa bonne blague aux autres soûlards du coin!

– On n'a pas fouillé le grenier, remarqua Damien.

– Eh ben, vas-y! Je reste avec Lorraine.

Damien n'avait pas envie de monter tout seul, là-haut.

Mais il ne pouvait pas faire autrement que d'obéir. La porte était à nouveau coincée. Il poussa de toutes ses forces. Sa porte… Cette porte qui devait le protéger lui refusait l'entrée du grenier. Peut-être parce que, justement, il vaudrait mieux qu'il n'y entre pas. La porte s'ouvrit. Il resta sur le seuil, aux aguets. Pas d'odeur de jasmin.

Il avança. Tout était normal. Il fallait qu'il fasse quelque chose. Il fallait que cela cesse. Il déboîta les planches. Il prit d'abord la poupée de cire, enleva le clou et les épingles et les cheveux collés.

Ces mêmes cheveux que Madame perdait maintenant par poignées.

Il s'empara des bouts de bois, cassa le lacet et écrasa les fleurs séchées dans ses mains. Il entrouvrit le vasistas et jeta le tout dehors. Avec le clou, il entreprit de gratter le mur. Réduire le cœur en poussière de plâtre. Son nom, celui de Théo, celui de Lili-Catherine. Tout faire disparaître… La sueur perla sur son front tant il s'acharnait. Mais il savait que cela ne servait à rien. Plus rien ne servait à rien... C'était trop tard.

*
* *

Madame avait oublié sa punition avec tout ça. Elle ne quittait pas le chevet de Lorraine. Damien en profita pour se nourrir. De la fenêtre de la cuisine, il regardait la neige tomber.

Lentement, elle recouvrait les arbres, les bûches qu'il n'avait pu ranger. Il se demanda si le petit pêcher de Lorraine n'allait pas s'effondrer sous le poids de toute cette neige. Le sentiment d'abandon se fit plus fort. Il n'y avait personne aux alentours, la route était enneigée, le téléphone coupé. Ils allaient mourir là... Cela devint une certitude. Ils allaient mourir là.

Il entendit un grincement, comme si on déplaçait quelque chose de lourd sur le parquet. La vibration des cordes du piano. On traînait le piano dans le salon! Damien gagna le couloir et appela Madame.

– Qu'est-ce qu'il y a encore? demanda Madame de l'étage. Je ne peux pas avoir la paix, trente secondes?

Un énorme fracas lui répondit. Toutes les cordes du piano se mirent à résonner. Madame se précipita dans l'escalier mais hésita devant la porte fermée du salon. Ce fut Damien qui l'ouvrit. Il voulait savoir. Le piano à queue était renversé, dressé contre la fenêtre.

Madame restait muette. Damien renifla l'odeur de jasmin. Alors, tous les meubles se mirent à bouger. Et tous, sans exception, allèrent se coller contre le piano. Madame recula. Dans le vestibule, la grande armoire normande s'écrasa contre la porte d'entrée. On entendait le même remue-ménage dans le bureau. Et même dans la chambre de Grand-mère. Dans la cuisine, le réfrigérateur fut arraché du mur et projeté contre la fenêtre. Le four, pourtant encastré, se déplaça dans les airs et se retrouva sur le frigo.

– Elle nous enferme... murmura Damien.

Madame le regarda et blêmit. Il n'y avait plus d'issue.

– Qui? demanda Madame.

– Lili-Catherine. Elle va nous tuer.

Et cette fois, Madame ne le traita pas de menteur.

La maison redevint silencieuse. C'était pire que le vacarme qui avait précédé.

– Pourquoi Lili-Catherine? dit Madame.

– Ben... Grand-mère en avait très peur.

Damien ne pouvait pas lui avouer tout ce qu'il savait.

Madame semblait perdue dans ses pensées. Puis elle se secoua.

– Non, non! Ce n'est pas ça! C'est Grand-mère, bien sûr! Je reconnais que je suis coupable... Coupable de n'avoir pas veillé à son chevet. Il fallait que je m'occupe de Lorraine. Mais je vais réparer, je vais veiller le corps. Comme ça, elle pourra reposer en paix.

Madame était soulagée tout d'un coup.

Comme elle ne pouvait pas nier ce qui venait de se passer, elle avait trouvé une explication qui lui convenait. Et surtout une solution. Elle entra dans la chambre de Grand-mère. La grosse penderie était en équilibre sur la commode devant la fenêtre.

Le lit n'avait pas été bougé. Madame prit Damien par l'épaule et le fit s'agenouiller avec elle.

– Fais des prières pour le repos de son âme, ordonna-t-elle.

Damien voulait bien faire toutes les prières du monde si seulement ça pouvait les aider. Mais il n'y croyait pas. Dehors, la neige s'amoncelait tout autour de la maison.

Bientôt, il serait impossible pour les voitures d'emprunter la route étroite vers la villa Chassart. La neige recouvrait la maison d'un linceul de silence.

*
* *

Le bruit avait tiré Lorraine de son sommeil médicamenteux.

Elle vit que sa mère n'était pas là. Elle avait soif. Elle essaya de prendre la carafe sur la table. Sa main gauche, celle qui était valide, tremblait trop pour verser l'eau dans le verre. Elle allait faire une bêtise, mieux valait attendre que sa mère revienne. La carafe s'éleva et l'eau remplit le verre.

Lorraine se redressa dans son lit. Le couvercle de la boîte de calmants se dévissa en crissant. De la même façon que la carafe, la boîte s'éleva dans l'air et tous les cachets tombèrent dans le verre d'eau.

Lorraine serra son oreiller et voulut appeler sa mère mais n'y parvint pas. Le verre d'eau se déplaça dans l'espace.

Lorraine le regarda s'approcher. Elle voulait crier, elle voulait se lever... Mais quelque chose était entré dans sa tête. Et ce quelque chose donnait des ordres. « Prends le verre. Bois. »

Lorraine fit non et prit le verre. Elle savait qu'il ne fallait pas boire. Ses lèvres s'ouvrirent et sa main porta le verre à sa bouche. Les comprimés avaient fondu en partie et faisaient une épaisse bouillie jaune. L'eau coula dans sa bouche. Quelques comprimés encore intacts glissèrent avec l'eau et elle les avala. La bouillie collait à la paroi du verre. Elle ne descendit pas.

Lorraine toussa. L'odeur de jasmin l'entourait, l'étouffait. Elle lâcha le verre. Elle sentit une pression sur sa gorge. On voulait l'étrangler!

– Non! Non! Au secours!

Elle se débattit. Son regard accrocha le miroir de l'armoire. Elle vit alors que c'étaient ses propres mains qui enserraient sa gorge. Elle luttait contre elle-même!

– Maman! Maman!

Ses appels se transformèrent en râles. Elle voyait voler des papillons noirs devant ses yeux. L'oxygène commençait à lui manquer. Elle tomba du lit.

*
* *

Madame en avait assez. Ses genoux lui faisaient mal et elle mélangeait les prières. Elle se releva.

– Toi, tu restes ici, dit-elle à Damien. Je vais apporter à manger à Lorraine.

Dans la cuisine, le frigo et le four étaient toujours devant la fenêtre. Madame ne savait vraiment pas comment faire pour les remettre en place. Tant pis. Dans l'immédiat, il fallait faire avec. Les couteaux de cuisine s'agitèrent dans leur casier.

Madame leur tournait le dos, occupée à chercher les biscuits dans le placard. Un à un, les cinq couteaux sortirent du casier. Quand Madame se retourna, ils pointaient tous dans sa direction. Elle laissa choir les biscuits. Le plus petit couteau traversa l'air en sifflant et se planta dans son bras. Elle hurla, l'arracha aussitôt. Le deuxième couteau la frappa à la cuisse, le troisième à l'épaule. Les deux grands couteaux dansaient en se rapprochant lentement. Madame se précipita dans le couloir pour leur échapper.

Ils lui bloquèrent l'accès au bureau. Elle avait trop peur pour avoir mal. Il fallait qu'elle s'abrite quelque part. Les deux grands couteaux valsaient dans le couloir, l'acculant peu à peu contre la porte de la cave. La clé. La clé dans sa poche. Madame prit la clé. Vite. Vite. Ouvrir la porte. Elle ouvrit et referma derrière elle. Les deux grands couteaux filèrent vers elle mais trop tard. Ils se plantèrent dans le bois. Maintenant, la douleur se faisait sentir. Madame enleva les deux couteaux de sa chair en gémissant. Les plaies profondes versaient le sang abondamment.

Madame était dans la cave.

Il fait de plus en plus froid, ici... Grand-mère a le visage couleur de cire comme les bougies, comme la poupée...

Pourquoi est-ce que Madame crie ? Je ne veux pas le savoir. Je veux rester à l'abri, dans la chambre de Grand-mère.

Elle ne me laissera pas. Elle doit penser que je suis un traître. J'ai détruit les fleurs de jasmin, j'ai rayé le cœur. Encore une porte qui claque. Je connais le bruit de celle-là, je l'ai trop souvent entendue claquer. Et, à nouveau, le silence.

Chapitre 10
LILI-CATHERINE

Damien s'était caché entre le lit et le mur. Il ne bougeait plus. Grand-mère faisait un rempart de son corps mort. Du moins voyait-il les choses ainsi. S'il restait là, immobile, peut-être que Lili-Catherine allait l'oublier ?

Elle s'en prendrait à Madame. Et... à Lorraine ! Damien se releva d'un bond. Il ne pouvait rien pour Madame. En tout cas, il ne voulait rien faire pour elle. Mais il devait protéger Lorraine. Il fallait trouver le moyen de sortir de la maison. Si Lili-Catherine les avait enfermés, c'est que son pouvoir se limitait à l'intérieur des murs. Sinon, pourquoi aurait-elle agi ainsi ?

Il longea le couloir. Deux couteaux plantés dans la porte de la cave, des traînées de sang déjà noirâtre sur le sol. Et la table de la cuisine couchée en travers de la porte. Lili-Catherine avait aussi condamné la cave. Ce qui n'avait pas de sens puisqu'il n'y avait pas d'issue par là. À moins que... que Lili-Catherine n'ait poussé Madame dans la cave! En dépit de tout, Damien jubilait. Madame allait goûter les joies de la cave et des rats! Et si, malgré sa trahison, Lili-Catherine était toujours son alliée? Elle n'avait rien fait contre lui jusqu'à présent, pas directement. Damien reprit confiance. Lili-Catherine comprenait sûrement qu'il n'avait agi que sous le coup de la peur. Damien fit demi-tour vers la cuisine. Il trouva le petit couteau ensanglanté par terre. Exactement ce qu'il lui fallait. Il le ramassa, repartit dans le couloir, se choisit un beau morceau de mur. Il traça un large cœur, creusa bien les lignes, profondément, jusqu'au plâtre. Puis il écrivit en lettres bâton: Damien. Un des grands couteaux s'arracha de la porte. Damien le regarda s'approcher. Allait-il le frapper? Mais non. La pointe du couteau toucha le centre du cœur. Une écriture liée et fine, tout en rondeur: Lili-Catherine. Leurs deux noms enlacés. Elle lui avait pardonné. Elle était à nouveau sa marraine la bonne fée, celle qui sentait le jasmin.

Le grand couteau tomba sur le sol. Damien lâcha le sien. Puis il se mit à rire. La haine ne disparaît donc jamais? Eh bien, tant mieux. Damien voulait continuer de haïr Madame. Il n'y avait qu'un problème. Damien ne voulait pas de mal à Lorraine.

– L'idéal, tu vois, dit Damien à Lili-Catherine, ça serait que je sorte de la maison avec Lorraine. Et toi, tu pourrais t'occuper de Madame.

Il s'attendait à ce que les meubles bougent et libèrent un passage. Mais il ne se passa rien. Lili-Catherine ne devait pas l'entendre. D'ailleurs, l'odeur de jasmin avait disparu. Il décida de monter voir Lorraine. Qu'allait-il lui dire?

Elle demanderait sa mère. Il devrait mentir, prétendre ne pas savoir. Madame le traitait de menteur à longueur de journée, il allait le devenir pour de bon. Quand Damien entra dans la chambre, Lorraine gisait par terre, les deux mains à la gorge, le visage bleui, la respiration sifflante. Il s'agenouilla près d'elle, desserra l'étreinte. Elle respirait mieux mais semblait inconsciente.

Damien regarda autour de lui : le verre avec la bouillie jaune, la boîte de calmants vide. Lorraine était droguée.

Tant bien que mal, il la souleva pour la recoucher. Il s'assit sur le bord du lit et lui tapota les joues.

Elle ne se réveilla pas mais son visage reprit une couleur plus normale. Damien voyait la neige tomber par la fenêtre. Il s'approcha pour jeter un œil dehors. Et s'il sautait par là? La neige était épaisse en dessous. Il ne se blesserait pas. Et Lorraine? Il ne pouvait pas la porter. Mais il pourrait aller chercher du secours.

Damien soupira. Pourquoi est-ce que ses pensées faisaient du Yo-yo ? Il avait peur, il n'avait plus peur, il voulait s'enfuir, il voulait rester... Il souhaitait la mort de Madame et l'instant d'après il le regrettait... Il fallait qu'il prenne une décision. Il lui parut alors évident qu'il n'avait pas le choix. Seule Lili-Catherine l'avait. Il s'assit sur le lit et prit la main de Lorraine dans la sienne.

– Daaamien...

Les cheveux de Damien se hérissèrent sur sa nuque. Non pas d'effroi, au contraire. La voix qui l'appelait était douce et profonde.

– Daaamien...

La voix venait de l'autre côté du mur. Damien lâcha la main de Lorraine et se leva.

– Lili-Catherine... Où es-tu ?

– Viens... Sors de la chambre...

Il obéit et se retrouva sur le palier de l'étage. Il s'immobilisa, cloué par la stupeur. Elle était là. Lili-Catherine dans sa robe blanche. Elle fixait Damien de ses yeux noirs en amande, souriante. Damien lui rendit son sourire. Comment avaient-ils pu lui faire tant de mal, tous ces Chassart et tous ces Jabier? De la pure méchanceté, de la jalousie... Perdu dans les yeux noirs, Damien oublia ce que lui avait dit Mamie Char.

– Je suis bien content... murmura Damien. De te voir enfin...

Une lueur entourait Lili-Catherine, comme ces auréoles que l'on voit parfois autour de la lune quand l'air est humide.

Elle n'en était que plus belle. Un léger rire s'échappa de ses lèvres couleur cerise.

– Ce n'était pas si facile de revenir, répondit-elle.

Son visage prit une expression triste.

– J'ai cru que tu ne voulais plus de moi...

Damien fit un pas en avant, la main tendue vers elle.

– Oh non, non! J'ai eu peur, j'ai seulement eu peur! Quand... Quand Grand-mère est morte... Et puis, l'accident de voiture...

– L'accident? Mais je n'y suis pour rien! Quant à Grand-mère, elle était folle! Je n'ai rien fait!

Lili-Catherine semblait si malheureuse d'être ainsi accusée que Damien voulut se jeter dans ses bras. Mais elle recula en glissant comme si ses pieds ne touchaient pas terre.

– Non, tu ne dois pas m'approcher! Ce... ce serait dangereux pour toi. Je ne voudrais pas qu'il t'arrive quelque chose...

Il avait tellement envie de se serrer contre elle! Il voulait tellement croire tout ce qu'elle lui disait!

– Mon petit amoureux... dit Lili-Catherine. Je ferai tout pour toi...

– Tout quoi? demanda Damien, stupidement.

– Tu veux que je la punisse, n'est-ce pas? Elle.

– Elle? Oui. Mais pas Lorraine.

La vision du visage bleui de Lorraine lui revint en mémoire. Lili-Catherine comprit immédiatement. Elle prit à nouveau cette expression triste qui bouleversait Damien.

– Oh oui, pauvre petite... Je crains bien qu'elle ne soit folle comme sa grand-mère... C'est de famille, ces choses-là.

– Les médicaments... commença Damien. Elle a avalé les...

– Oui, c'est ce que je dis. Je ne pouvais pas l'en empêcher, je ne peux pas toucher les vivants ! Elle s'est étranglée avec. C'est terrible !

– Tu aurais dû me prévenir.

– Je... Je ne pouvais pas à ce moment-là.

– Pourquoi ?

– Pourquoi ? Mais parce que... J'ai beaucoup de mal à exister ! De temps en temps, je suis comme aspirée vers le néant. S'il n'y avait pas ton amour pour me ramener, je tomberais, je tomberais...

Lili-Catherine joignit les mains, suppliante.

– Il faut que tu m'aides ! Je ne veux pas repartir ! Là-bas...

« Là-bas… » Damien frémit. Il n'osait pas imaginer ce « là-bas ». Un néant qui vous aspire.

– Ne me rejette pas, par pitié !

– Oh non, non ! Jamais ! Mais qu'est-ce qu'on va devenir ? On ne nous laissera pas tranquilles, ça, je le sais !

– C'est pour ça que j'ai fermé la maison, répondit-elle. Pour gagner un peu de temps. Il y a une solution, j'en suis sûre. Je le sens. C'est comme ces choses qui apparaissent dans le coin de l'œil, que l'on devine sans les voir. C'est juste là, à ma portée, et ça m'échappe.

– Et Elle ? demanda soudain Damien. Qu'est-ce qu'on va faire d'Elle ?

– Il faut s'en débarrasser, dit Lili-Catherine. Elle est l'obstacle. Tu comprends ? Elle est le Mal. Il faut éliminer le Mal. C'est mon devoir.

Damien acquiesça, silencieusement. Lili-Catherine sourit.

– Alors, j'y vais… Après, tout sera simple…

Elle descendit, glissa plutôt sur les marches, laissant derrière elle un sillage parfumé. Damien la perdit de vue quand elle atteignit le couloir. Lili-Catherine allait vers la cave.

*
* *

Madame écoutait. Plus rien ne semblait remuer dans la maison. Il fallait qu'elle sorte de là. Elle avait bandé sa cuisse avec un morceau déchiré de sa robe. C'était la plaie la plus profonde. Elle craignait que le couteau n'ait touché une artère. Elle avait besoin de soins, d'urgence. Et elle s'inquiétait pour Lorraine. L'ampoule éclata. Elle reçut les éclats de verre. Elle était dans le noir complet. Cette odeur écœurante... À tâtons, Madame ramassa un des couteaux.

– Descends ! Et jusqu'en bas !

Les mots claquèrent, durs, tout près de son oreille. Madame serra le couteau. La voix, une voix de femme, reprit, plus ironique :

– Va donc rendre visite à ceux de ta famille, sale vermine ! Tu aimes ça, la cave ?

– Qui est là ? Qui êtes-vous ?

Un rire lui répondit.

– La marraine, la bonne fée !

– Mais qu'est-ce que vous voulez, à la fin ?

Madame fut projetée dans l'escalier, comme poussée par un coup de vent.

– Descends !

Elle s'écorcha les mains en freinant sa chute et atterrit sur la terre humide. Elle distinguait quelque chose, une lueur un peu verte qui bougeait sans cesse. La chose l'enveloppa tout d'un coup, lui arrachant les cheveux. Madame cria, essaya de saisir l'agresseur mais ne rencontra que le vide. Elle se retrouva à quatre pattes, le visage plaqué sur la terre.

– Allez, mange !

Madame suffoquait, sans parvenir à se redresser. Une force énorme maintenait sa nuque.

– Mange !

Madame ne comprenait pas ce qu'elle devait manger. La terre dégageait une odeur de moisi insupportable. La pression s'allégea et elle put relever la tête. Le répit fut de courte durée. La chose qui était là lui prit les cheveux et les tira en arrière. Brièvement, Madame aperçut une silhouette de femme dans une robe blanche. L'apparition semblait générer sa propre lumière qui devenait de plus en plus forte.

– Mange ! C'est bon pour toi !

Une poignée de terre s'écrasa sur la bouche de Madame. Elle secoua la tête dans tous les sens, sans succès.

– Non, non ! Jamais !

Madame n'était pas Grand-mère ni Lorraine. Elle résistait.

Avec le couteau qu'elle tenait toujours, elle donna des coups au hasard. Une douleur atroce lui transperça le poignet, l'obligeant à lâcher le couteau. Madame sentit le frôlement de la bête le long de son bras. Un rat.

– Tu veux mourir ? dit la voix. Non ? Alors, obéis !

Les larmes coulèrent sur les joues de

Madame. Elle n'avait pas d'autre choix que d'obtempérer. Elle ramassa de la terre et l'introduisit dans sa bouche. Le goût était ignoble.

Madame recracha.

– Tu vas tout manger! Y compris ce que tu viens de recracher!

Les mêmes mots... Les mots que Madame avait employés avec Damien.

– Je ne peux pas... gémit Madame.

Son ventre se contracta et elle vomit. Le fantôme de Lili-Catherine s'écarta. Madame put la voir, magnifique dans sa robe blanche. Lili-Catherine riait, elle riait... Son rire s'arrêta brusquement.

– Te tuer? dit-elle. C'est trop facile! J'ai une bien meilleure idée! Car je sais de quoi tu as peur...

– Lorraine! Non! C'est une enfant!

– Lorraine? Peuh! Je la tuerai quand ça m'amusera! Non! Pour toi, j'ai tellement mieux! Je sais de quoi tu as peur...

Il se passait quelque chose. La silhouette de

Lili-Catherine pâlissait, devenant un spectre à l'aspect cadavérique. L'obscurité se fit.

– Je reviendrai... dit la voix de Lili-Catherine, lointaine.

Madame trembla de tout son corps meurtri. De quoi elle avait peur? De devenir folle, comme sa mère.

*
* *

Damien cherchait de l'eau de Cologne dans la salle de bains. Il espérait ranimer Lorraine. Il trouva la bouteille et repartit vers la chambre. Il entendait parler. Il s'arrêta, surpris. Lorraine avait-elle repris connaissance?

– Tu vas mourir, petite fille... Je vais te tuer comme ta grand-mère! Serre ta gorge avec tes jolies petites mains! Étrangle-toi. Je...

Lili-Catherine s'interrompit. Elle avait senti la présence de Damien.

– Eh bien, entre! lui dit-elle. Viens voir ça!

Damien approcha, terrifié par le son de sa voix.

– Mais qu'est-ce que tu fais ?

– Qu'est-ce que tu crois, pauvre imbécile ! Vous êtes tous à ma merci ! Je vais danser sur vos corps !

Lili-Catherine n'avait plus rien de la belle jeune femme qui l'avait séduit si peu de temps auparavant. Les boucles de sa chevelure pendaient lamentablement. Sa robe était sale et déchiquetée. La peau de ses bras partait en lambeaux, laissant apparaître la chair noirâtre. Le visage était creusé, comme rongé par l'intérieur. Le parfum de jasmin avait été remplacé par une odeur putride.

– Et alors, mon amoureux ? Je ne te plais plus ? Tu ne viens pas m'embrasser ?

Elle tendit la main vers lui comme pour l'inviter. Elle poussa un cri en voyant ses os à travers la peau.

– Mais qu'est-ce qui m'arrive ?

Elle n'avait rien remarqué jusqu'alors. Elle hurla, un hurlement de bête.

– C'est Elle ! C'est de sa faute !

Elle ne se préoccupa plus de Damien et se précipita vers l'escalier. Damien devina qu'elle retournait dans la cave. Il ne pouvait pas rester là. À nouveau, il pensa sauter par la fenêtre. Et après, quoi ? Il regarda Lorraine, inconsciente, faible, une proie facile. Le grenier. Il prit Lorraine dans ses bras. Elle était lourde, trop pour lui. Il la posa sur le sol et la traîna.

Marche après marche, il la hissa jusqu'en haut. La porte était coincée.

– Je t'en supplie… Je t'en supplie, porte… Laisse-nous entrer…

Il s'arc-bouta contre la porte, soufflant, transpirant, tremblant sous l'effort. La porte s'entrouvrit enfin. Il installa Lorraine sur son lit puis referma la porte. Il s'assit par terre, le dos contre le bois froid. Réfléchir. Trouver une solution. Le temps travaillait pour lui. Il comprit qu'il fallait gagner du temps. Car Lili-Catherine se décomposait.

Derrière la porte, il y a nous.
La porte, c'est tout ce qui compte.
La porte est entre Elle et nous.

Chapitre 11

LA VEILLÉE DE NOËL

Armand dégagea un passage devant chez lui. Il avait rarement vu une telle abondance de neige dans la région. Et ça n'avait pas l'air de vouloir s'arrêter. Il avait décidé de rentrer pour la veillée de Noël, histoire de faire une surprise à sa tante. Il ne la surprit guère. Elle le guettait par la fenêtre, attendant patiemment qu'il veuille sonner à sa porte. Il prenait son temps, exprès. Mamie Char n'était pas dupe. Elle savait qu'il ne retardait le moment de leurs retrouvailles que pour en augmenter le plaisir. Il se présenta enfin. Mamie Char lui ouvrit, poussa une exclamation.

– Te voilà, mauvais garçon !

Armand rit, prit sa tante dans ses bras et la souleva de terre pour l'embrasser. Mamie Char protesta en riant aux éclats. Elle remerciait Dieu chaque jour de lui avoir donné cet enfant à élever. Bien qu'il n'ait plus l'apparence d'un enfant depuis bien longtemps...

– Lâche-moi donc, mauvais garçon ! J'ai la dinde à surveiller !

Armand suivit sa tante dans la cuisine. Mamie Char arrosa la volaille dans le four.

– C'est une bien grosse bête pour une seule vieille dame, dit Armand.

– La vieille dame avait dans l'idée qu'elle ne serait pas toute seule pour la manger... répondit Mamie Char. Et tu n'as pas vu la bûche au café !

– J'ai comme l'impression qu'il va nous falloir la semaine pour en venir à bout !

– J'ai promis à Irène de lui apporter les restes demain.

Armand regarda sa tante avec amour. Mamie Char nourrissait tous les pauvres des environs. Dans la corbeille sur la table, il y avait quatre pains au chocolat. Armand en prit un.

– Ce n'est pas coutume que d'acheter ça, remarqua-t-il.

– Oh, ça ! C'était pour le petit mais il n'est pas venu.

– Quel petit ?

– Celui de la villa Chassart.

– Damien ? Tu le connais ?

– Oui. Il te cherchait. Je lui ai parlé. Il est un peu étrange comme gamin. Il n'arrêtait pas de me poser des questions sur… sur Liliane-Catherine.

Armand s'agita. Si Damien le cherchait, c'était qu'il devait avoir des ennuis.

– Oh, tu sais ! La grand-mère Chassart est morte !

– Il faut que j'y aille, dit Armand.

– Tu n'y penses pas ! Le chemin de là-haut doit être coupé avec toute cette neige !

– Il faut que j'y aille, Mamie Char. Le petit a besoin de moi.

– Toi, quand tu as quelque chose dans la tête ! râla la vieille dame. Essaie au moins de revenir pour le dîner ! Et ne va pas me faire d'imprudence !

– Mamie Char, je n'ai plus cinq ans.

Il l'enlaça et l'embrassa tendrement.

– Ben, t'as qu'à emporter les pains au chocolat.

Armand sourit. Pour Mamie Char, l'amour c'était d'abord une affaire de nourriture. Elle n'avait sûrement pas tort. Il suffisait de voir comment Damien était affamé pour s'en convaincre.

– Allons, c'est Noël, dit Mamie Char. Rien de mal ne peut arriver.

*
*   *

Le Mal était pourtant là. Madame frappa à l'aveuglette autour d'elle pour chasser les rats. Elle n'avait plus la force ni de remonter ni même de se relever. Elle saignait beaucoup trop. L'odeur du sang affolait les rats et les rendait audacieux. Il devait y en avoir des dizaines qui allaient et venaient, la harcelant à coups de dents et de griffes.

– Alors, tu la sens venir, la folie...

Madame hurla, ce qui eut pour effet momentané d'effrayer les rats.

– Si c'est toi, Lili-Catherine...

Madame s'interrompit. Elle parlait comme sa mère ! La folie, la folie la rattrapait.

– Oh non, tu ne m'auras pas comme ça, Lili-Catherine !

– Oh si, oh si ! chantonna Lili-Catherine. Tu sais comment j'ai tué ta mère ? D'abord, j'ai tué ton père ! C'est un secret que tu ne répéteras pas ! Je l'ai empoisonné ! Si, si... Et personne n'y a rien vu... Ils croyaient tous que j'étais partie pour de bon ! Mais je suis revenue en cachette et je l'ai tué !

Madame se boucha les oreilles. Mais la voix de Lili-Catherine lui vrillait les tympans.

– Et la Jabier ! Comme je me suis réjouie de la savoir folle ! Toutes ces années... Mais comme toutes les bonnes choses ont une fin, j'ai fini par la tuer, elle aussi ! Et je vais faire pareil avec Lorraine...

– NOOON ! Tu ne peux pas... Tu ne peux pas...

– Je me le suis juré. Qu'il n'y aurait jamais une descendance à Théo ! Il y a eu toi et Lorraine. Je n'ai pas pu l'empêcher. Mais mon petit amoureux m'a fait revenir. Et c'en est fini de vous !

Lili-Catherine apparut. La vision était si épouvantable que Madame en resta pétrifiée d'horreur. Toute la chair se putréfiait sur les os de Lili-Catherine et pendait par lambeaux. Ses lèvres s'étaient détachées, dévoilant la dentition jusqu'aux maxillaires. Elle n'avait plus que la moitié gauche de sa chevelure. On voyait le crâne du côté droit. La robe blanche avait pourri. Les intestins sortaient du ventre. Même les rats avaient fui. Madame se cacha le visage. Elle se mit à gémir, se berçant comme un enfant. La démence était entrée dans sa tête.

*
* *

Armand avait dû abandonner sa voiture au croisement du chemin. Il avançait péniblement dans la neige, à la faible lueur de sa torche électrique. La nuit était tombée depuis longtemps. Enfin, il aperçut ou plutôt devina, la villa Chassart. Tout était noir. Peut-être que le courant était coupé ?

Mais non, il y avait une lumière à la lucarne du grenier.

Cela le rassura. Damien devait être là-haut. Sa lampe éclaira la porte-fenêtre du salon. Armand s'arrêta, perplexe. Quelle était donc cette masse sombre derrière les carreaux ? Le piano. Armand courut vers la porte principale. Celle-ci s'ouvrit mais était bloquée de l'intérieur par l'armoire. Ça n'avait aucun sens. Qui, dans la maison, avait pu avoir la force de déplacer des meubles aussi lourds ? Armand se tourna vers la remise. Il se souvenait d'y avoir rangé la hache qui avait abattu les grands arbres foudroyés.

Il traça son chemin à travers la neige jusqu'à la remise et y chercha sa cognée.

*
* *

– Daaamien... Daaamien...

Damien se releva. Il recula vers le lit, les yeux fixés sur la porte.

– Non... Laisse-moi... gémit-il.

Quelques coups légers. Lili-Catherine frappait avant d'entrer !

– Tu m'ouvres, mon petit amoureux ?

– Va-t'en ! Laisse-moi tranquille !

– Mais je ne te veux pas de mal...

Lili-Catherine parlait de sa voix douce et tendre. Damien l'imagina dans sa robe blanche, si belle, si désirable. Et, brusquement, la porte vola en éclats.

– C'est Lorraine que je veux !

À travers les débris de la porte, Damien vit le cadavre en décomposition de Lili-Catherine. Elle donna un grand coup dans ce qui restait du battant. La chair de son avant-bras s'accrocha aux échardes et se décolla de ses os.

– C'est qu'une toute petite fille... supplia Damien. Je t'en prie...

– Je les veux tous ! Tous les Chassart ! J'ai eu Théo, j'ai eu Françoise ! Et Madame ! Quelle splendide vengeance, n'est-ce pas, mon amoureux ?

Lili-Catherine avança dans la pièce. Damien se tenait devant Lorraine toujours inconsciente.

– Mais si ça se trouve, les médicaments sont en train de la tuer ! dit Damien. Tu n'as qu'à attendre !

– Tu es malin, mon petit amoureux... Tu as compris que je n'avais pas de temps à perdre ! Écarte-toi !

Comme elle s'approchait, Damien fit un pas de côté et buta dans le radiateur. Le cadeau d'Armand...

– Même si tu tues Lorraine, tu ne les auras pas tous eus, dit Damien.

– Quoi ?

– Il y en a un autre. Il y a le fils de Théo !

Lili-Catherine le regardait du seul œil qu'elle avait encore.

– Tu sais ça, toi...

– Oui, je le sais. Armand est à l'abri, tu ne peux pas l'atteindre.

Les murs de la maison se mirent à résonner. Un bruit de verre et de bois brisés provenait du rez-de-chaussée. Quelqu'un ! Quelqu'un à leur secours ! Lili-Catherine éclata de rire.

– Eh bien, il n'est plus à l'abri !

Elle avait raison. Ça ne pouvait être qu'Armand.

– Mais c'est ton propre fils ! Tu ne vas pas le tuer !

– Bien sûr que si ! Cela ne devrait pas me prendre longtemps... À tout de suite !

Lili-Catherine fit demi-tour.

*
* *

Armand avait choisi la fenêtre du bureau qui n'était obstruée que par des rayonnages de livres. Il les poussa pour la dégager et put entrer. La hache à la main, Armand gagna le couloir. La veilleuse du vestibule éclairait peu. Il s'arrêta devant la table qui bloquait la porte de la cave. Peut-être avait-on enfermé Damien là-dedans ? Il enleva la table et ouvrit la porte. Il chercha l'interrupteur mais il n'y avait plus d'ampoule. Rien ne bougeait. Armand appela. Il n'obtint pas de réponse. Madame était évanouie.

Une odeur infecte parvint à ses narines. Il se retourna.

– Tu ressembles à ton père, dit Lili-Catherine.

Sous le choc, Armand ne pouvait plus réagir. Il serra la hache contre lui. Comprendre... Comprendre ce qu'était cette chose ignoble.

– Mais tu as les yeux de ta mère ! cria Lili-Catherine.

À ses pieds, il y avait le grand couteau qui lui avait servi à graver son nom dans le mur. Elle le fit s'élever dans l'air.

– Je serai bonne avec toi. Tu vas mourir vite !

Le couteau fusa, si rapide qu'Armand n'eut le temps que de s'écarter d'un pas. Au lieu du cœur, le couteau atteignit son flanc droit. La douleur n'en était pas moins atroce.

Armand gémit et tomba à genoux.

– Idiot ! Tu m'obliges à recommencer !

– Non ! Armand !

Lili-Catherine grogna. Damien l'avait suivie. Il n'avait aucune idée de ce qu'il pouvait faire mais il était prêt à tout.

– Tu vas finir par m'énerver, toi !

Damien joignit les mains en supplication.

– Mais je suis ton petit amoureux...

– Eh ben, tu n'es pas le premier ! ricana Lili-Catherine. Tu seras juste le dernier dont je me moquerai !

La porte de la cave était restée ouverte. Damien vit le museau d'un rat puis d'un deuxième. Ceux de sa famille... Et Damien se mit à sourire. La tête de Lili-Catherine pencha d'un côté. Les muscles de son cou ne la tenaient plus. Son corps se décomposait de plus en plus. Il fallait simplement accélérer le processus !

– À quoi tu penses ? demanda Lili-Catherine, inquiète.

Les rats sortaient un à un de la cave. Elle ne les avait pas vus. Armand regarda passer les bêtes, ne bougea pas malgré son dégoût quand l'une d'elles vint renifler sa plaie.

Il ne fallait pas attirer l'attention de Lili-Catherine.

Silencieux, les rats avançaient.

– Frères et sœurs ! appela Damien.

À ces mots, comme s'ils répondaient à un signal, les rats se jetèrent sur Lili-Catherine. Ils grimpèrent le long de son corps, mordant la chair putride, rongeant les os. Lili-Catherine hurlait en se débattant. Certains rats tombèrent mais revinrent à la charge. Elle ne pouvait se débarrasser des dizaines de rats qui l'attaquaient. Dans le vestibule, la grosse horloge comtoise sonna les douze coups de minuit. Au dernier coup, ce qui restait de Lili-Catherine s'effondra. Damien regarda le sol. Il n'y avait plus rien. Cette fois-ci, le néant avait aspiré Lili-Catherine pour toujours. Sur le mur, le cœur gravé s'effrita puis partit en poussière, lui aussi.

– C'est Noël, dit Damien.

Et les rats, un par un, regagnèrent la cave.

Les portes, chez Mamie Char, sont toutes simples en bois clair. Elles ne coincent pas. Je regarde la mienne, du lit où je suis couché.

On les a emmenés à l'hôpital, Lorraine et Armand. Et Elle.

Mamie Char dit que ça va aller. Mais je l'ai vue, Elle. Je l'ai entendue murmurer: « Si c'est toi, Lili-Catherine, tu peux repartir tout de suite. »

J'ai mangé de la dinde aux marrons et de la bûche au café. Je ne me souvenais plus que c'était aussi bon, un repas de Noël.

J'aime bien ma porte.